더 사랑하면 결혼하고,
덜 사랑하면 동거하나요?

더 사랑하면 결혼하고,
덜 사랑하면 동거하나요?

정만춘 지음

whale 🐟 books

—

동거에는 실패가 없다

"연애는 좀 하고 있니?", "결혼은 언제 할 거니?", "아이는 언제 낳을 거니?"

우리나라의 이삼십 대 여성 중 저런 조언을 듣지 않은 자 어디 있으랴. 또 저런 질문에 짜증이 나지 않은 자 어디 있으랴. 딴에는 따스한 저 질문에 "안 하는데요", "안 할 건데요", "안 낳을 건데요"라고 역시 따뜻하게 답해주면 우리는 곧잘 '되바라진 애' 혹은 '드센 여자'가 된다. 승진은 하셨냐고, 애 성적은 괜찮냐고, 부부관계는 원만하냐고 차갑게 되묻지 않은 게 어디인가. 하다 못해 결혼 안 하겠다는 말조차 그런 취급을 받는데, 동거만 하겠다는 이야기는 묻는 어르신 혀를 차게 하기 딱 좋다. 무슨 그런 말도 안 되는 소리를 하냐며 등짝이나 맞으면 양호하고, '요즘 애들은'으로 시작해서 '말세다'로 끝나는 돌림 송을 듣는 거라면 평타는 친 셈이다. 신실한 장로님이라면 길 잃은 양 한 마리를 위해 기도를 올려주실지도 모를 일이다. 기도는 감사합니다만, 아멘. 저는 길을 잃은 게 아니라 산책을 하는 중인데요.

우리나라에서 동거라는 단어는 마치 해리포터의 볼드모트처럼 '이름을 부를 수 없는 무엇'처럼 쓰인다. 어딘가 불순한 것, 떳떳하지 못한 사람들이 하는 음란한 '무엇'으로 보인다. 동거는 어쩐지 〈그것이 알고 싶다〉에 나오는 어두운 생활처럼 보이지만, 기실 내가 경험한 동거는 나른한 일요일의 장수 프로그램 〈전국노래자랑〉 혹은 일상의 민낯이 드러나는 〈생활의 달인〉에 가까웠다. 연인과의 생활은 몇십 년째 똑같은 순서를 반복하는 송해 아저씨 진행처럼 안정적이고 소소했고, 우리는 순식간에 꽈배기를 만들어 내는 생활의 달인처럼 일상의 자질구레한 일을 해치우기에 여념이 없었다. 이 책이 동거에 대한 편견을 조금은 나아지게 했으면 하는 바람이다.

서른을 훌쩍 넘기는 동안 나는 네 명의 연인과 함께 살았다. 지금도 연인과 함께 사는 중이다. 연인과 석 달간 세계를 여행하며 자유 영혼 커플 흉내도 내어보았고, 회사를 그만두고 다른 나라에서 한 달간 함께 살며 '동거 전 동거'를 실험해 보기도 했다. 시끌벅적한 도시를 떠나고 싶다며 연인과 시골로 이사를 간 적도 있었고, 함께 사업을 해본 적도 있었다. 세 명의 연인과 헤어졌고, 그럴 때마다 담담하게 짐을 꾸렸다. 누군가는 '남자는 다 거기서 거기'라고 말했지만, 네 명하고 살아본 결과 남자는 물론이고 여자도 거기서 거기가 아니었다. 사랑의 얼굴이 매번 다르듯, 동거의 모습도 때마다 달랐다. 이 책은 그런 동거의 기록이다. 첫 번째 연인과 동거를 시작하게 된 이야기부터 세 번째 연인과 헤어지게 되기까지, 그리고 지금의 연인과 함께 하는 이야기를 순서대로 담았다.

내게 동거는 결혼을 위한 준비나 실험이 아니었다. 연인을 좀 더 잘 알기 위한(물론 더 잘 알게 되기는 했으나) 테스트나 완벽한 합일을 위한 과정은 더더욱 아니었다. 우리는 사회에서 인정하는 카테고리 안에 들어오지 않은 것들을 자주 '미성숙한 것'으로 폄하하지만, 동거는 그 상태 그대로 내게 완벽했다. 결혼 전에 동거를 해보겠다는 아이디어에 적극 찬성하는 만큼, 평생 동거만 하겠다는 커플에게도 박수를 보내고 싶다. 우리나라 특유의 결혼 풍습은 싫지만 사랑하는 사람과 함께 살고 싶은 사람이라면 일단 살아보라고 권하고 싶다. 하고 싶어서 하는 일을 하면 '했다'라는 것 자체가 성공인 것처럼, 동거에는 실패가 없다. 그래도 불안하다면 일단 이 책을 좀 사보시라. 괜찮으면 한 권 더 사서 연인도 선물해 주시라. 어쩌면 부모님 선물로도 괜찮을지 모른다! 동거 권장 도서! 절찬 판매 중!

이 글이 결혼 생활에 대한 비난이나 제도 안에 들어간 사람에 대한 반발로 읽히지 않길 바란다. 제도 안에서 안정적 가정을 꾸리는 이들을 응원한다. 그들이 법의 테두리 안에서 보호 받는 것처럼 퀴어 커플을 비롯한 동거인들도 생활동반자법을 통해 인정받아야 하고, 동거도 결혼과 마찬가지로 하나의 선택이 될 수 있어야 한다. 누군가와 함께 하는 선택에는 다양한 스펙트럼이 있다. 그 '누군가'가 누구인가에부터 '어떻게' 함께 할 것인가까지.

글을 쓰는 동안 작가님이 최고라고 추켜 세워준 김건태 편집자님께 감사 인사를 전하고 싶다. 편집자의 칭찬은 저자의 손가락을 춤추게 한다. 늘 내 삶을 지지해 주는 황은주, 장모연과 생활동반자법 통과를 기다리는 커플 A, B에게도 고맙다. 생활동반자법이 통과되는 그날이 오면 더덩실 춤을 추어보자. 마지막으로 내 귀여운 연인, 탱탱볼에게 사랑을 전한다.

contents

첫 번째 괄호
—

내가 다시 동거를 하면 성을 갈지

두 번째 괄호

기혼 ( ), 미혼 ( ), 어째서 다른 빈칸은 없죠?

세 번째 괄호

날 만나지 않았더라면, 넌 더 잘 살았을까

네 번째 괄호

그리하여 행복하게 살았습니다

첫 번째 괄호

내가 다시
동거를 하면 성을 갈지

첫 번째 싸움은 한집에 두 권 있는
《비행운》으로부터

~~~

연인들은 참 사소한 문제로 싸운다고들 한다. 뭐 먹을래? 글쎄, 아무거나. 그럼 추어탕 먹으러 갈까? 아니, 추어탕은 말고. 그럼 평양냉면? 평양냉면은 별론데. 어쩌라는 거야. 이런 식일까. 부부들도 작은 일로 다툰다고들 한다. 치약을 끝까지 짜서 쓰랬잖아. 그러는 너는 물 먹고 왜 컵을 바로바로 안 씻는 거야? 흠, 그런 식일까.

갈등 회피형 인간인 나는 애인뿐 아니라 누구와도 좀처럼 싸우지 않는 편이다. 싸우는 데는 너무 많은 에너지가 든다. 나는 쫄보라 잘 이기지도 못한다. 게다가 욕도 잘 못한다. 고등학교 친구들에게 '욕 특훈'을 받았는데도 여전히 나의 '씨발'은 그들의 발음 '쒸발'의 'ㅅ'도 따라가지 못한다. 그러니 어쩌랴. 물컵 대신 물통을 입에 들이붓고 말지. 다이소에 가서 치약 짜개를 사고 말지. 뭐 하러 쓸데없이 화내는 데 에너지를 낭비한단 말인가. 연꽃을 든 짝퉁 부처 흉내를 내며, 으르렁거리는 애인들을 명상이 필요한 중생 정도로 치부했다. 그런 내게도 애인과의 첫 번째 싸움은 찾아왔다. 치약과 물컵 못지않게 참을 수 없는 가벼움으로. 그러니까 책 한 권 정도의 가벼움으로.

발단은 김애란 작가의 소설집 《비행운》이었다. 그와 나는 '집 구하기 전국 투어'를 통해 얻은 새집에 막 들어온 참이었다. 빈집엔 난민촌처럼 여기저기 짐이 쌓여 있었다. 작은 평수지만 아파트에 살던 그의 짐은 꽤 많았다. 그에 반해 대문을 열면 신발장에 서서 설거지를 할 수 있는 사이즈에 살던 내게, 이삿짐이라곤 책뿐이었다. 나의 고집으로 우리는 각방을 사용하기로 한지라(각방 사용에 대한 지난하고 또 지난한 이야기는 나중에 하도록 하자) 그의 짐에 섣불리 손을 대기도 애매했다. 마침 어정쩡하게 거실을 서성거리던 내 눈에 들어온 건 책장이었다. 그래, 책 정리를 하자! 오랜만에 장르별로, 좋아하는 작가별로, 전집의 순서

별로 책을 정리하는 희열을 느껴보자!

내가 가진 책이 약 천 권. 그가 가진 책이 백 권. 그의 책장엔 내 취향이 아닌 책도 많았지만(당시 나는 자기 계발서와 자서전 포비아가 있었다) 큰마음 먹고 책장 중앙에 그의 자리를 마련했다. 그의 책을 다 꽂고 내 책을 정리하려는데, 뒤에서 어두운 기운의 목소리가 들렸다.

애인: 내 책, 너 책 따로 꽂는 거야?

제 방에서 책상을 조립하던 그가 어느새 거실 책장까지 와 있었다.

만춘: 응, 같이 꽂고 싶어?
애인: 당연하지. 뭐 하러 따로 꽂아?
만춘: 그럼… 그럴까?

이유를 바로 말할 순 없었지만 왠지 내키지 않았다. 지금 생각해 보면 내게 책장은 침대보다 더 내밀한 공간이었기 때문인 것 같다. 순위를 매기자면 '책장〉침대〉방〉거실' 순이었다. 책을 좋아하지만 제대로 읽지는 못하는 사람들이 흔히 그렇듯, 나도 책 '읽기'만큼 '수집하기'에 열을 올렸다. 도라에몽에게 암기빵이 있다면, 내게는 책장 정리가 있다! 어떤 책을 남기고, 어떤 책을 팔지를 고심하고, 주기적으로 책의 배열을 엎고 다시 정리하는 게 취미였다. 책장은 취향과 가치관이 담긴 뇌였다. 오픈된 뇌! 농축된 나!

그런 책장을 누군가와, 설사 그가 애인일지라도 한데 섞는다는 건 결심이 필요한 일이었다. 섞기 싫은데. 정주영 회장의 《해봤어?》를 한병철 교수의 《피로사회》와 함께 두면 안 되는데. 《Money》를 《그들이 말하지 않는 23가지》와 같이 꽂으면 난 정신 분열증 환자가 된다고. 《슬램덩크》는 명작이지만 그걸 중앙에 두기엔 그러니까. 아니 부끄러운 건 아니고. 아이 참.

불만스러운 마음이 스멀스멀 올라왔지만 이 마음을 사실대로 말했다가는 내가 실은 꼬장꼬장한 정리벽 환자이며, 같이 살기에는 피곤한, 괴팍한 성격의 소유자라는 사실을 고백해야만 할 것 같아 닫았다(마음 같아서는 그의 책을 쉽게 분리해 낼 수 있도록 포스트잇을 붙이고 싶었다). 우리 엄마 말대로 주둥이를 코보다 더 내밀고 책을 정리하는데 김애란의 《비행운》이 두 권 나왔다.

만춘: 너도 김애란 책이 있네?

애인: 비행운? 응. 재밌게 봤지.

만춘: 과연 김애란이지!

김애란 작가 이야기를 나누며, 공감대를 확인하며, 새삼 이래서 내가 그를 좋아했지 하며, 댓 발 나온 주둥이를 조금씩 안으로 밀어 넣고 있는데, 그가 자신의 《비행운》을 들고 물었다.

애인: 이건 팔까?

만춘: 응? 책을? 왜? 좋다며?

애인: 두 권이잖아.

만춘: 그냥 내버려 둬.

애인: 왜?

만춘: 그냥. 팔기 싫어.

애인: 똑같은 내용인데 두 권 있을 필요가 있어?

만춘: 흠.

애인: 팔자.

만춘: 내버려 둬.

애인: 왜?

그렇게 디디와 고고의 대화 같은 걸 몇 번 반복하다가 누가 먼저랄 것도 없이 결국 화를 내고 말았다.

만춘: 아, 안 판다고! 내버려 두라고!
애인: 왜 안 파냐고! 같은 책이 두 권인데!
만춘: 그거 팔아봤자 얼마나 한다고.

그러다 그가 중대한, 서로가 다 알고 있으면서 밖으로 뱉지는 않은 말을 꺼냈다.

애인: 너 사실은 나중에 이 책 다시 가져갈 생각하는 거지?

억. 그의 기습에 당황했다. 내가 사실은 그런 생각이었나? 의식하지 못했지만 나는 사실 이별을 준비하고 있던 건가. 역시 동거란 임시적 상태, 무언가를 실험해 보는 과정에 지나지 않았던 건가!

내가 우물쭈물하자 그는 마음 상한 표정으로 방으로 들어가 버렸다. 김애란의 《비행운》을 한 권 들고. 와중에도 그가 들고 간 《비행운》이 내 것이라는 것이 마음이 쓰이긴 했지만 그렇게 말했다면 그날 바로 차였을지도 모르겠다. 거실 책장 앞에 앉아 나는 내가 정말 '언젠가 떠날 날'을 염두에 두고 있었던 건지 고민했다. 고민은 꼬리에 꼬리를 물고 질문을 낳았다.

왜 같이 살기로 한 걸까? 왜 결혼이 아니라 동거를 하기로 결정한 걸까? 동거란 결혼을 위한 테스트, 혹은 준비인 걸까? 서로가 맞는지 맞춰보는 걸까? 아닌데, 그냥 좋아서 같이 있고 싶었던 건데. 그렇지만 앞으로 평생을 함께 할 자신은 없는데. 그렇다면 내가 비겁한 것일까? 이런 질문은 대개 원론적이고 현학적인 물음으로 되돌아온다. 동거란 무엇인가? 사랑이란 무엇인가? 연애란 무엇인가? 현학적인 물음은 스스로에 대한 한탄으로 끝을 맺는다. 아니 어쩌다가 내가 이 심란한 거실 바닥에 앉아 이런 질문을 하고 있단 말인가?

그러고 보면 애인과의 싸움이란 과연 사소하지 않다. 사소한 것에서 시작했다고 하더라도, 그리고 남들이 보기엔 언뜻 사소해 보일지라도 말이다. 《비행운》에 담긴 함의가 있듯, 다 짜지 않은 치약에도, 물때가 낀 컵에도 그들만의 역사와 스토리가 있지 않을까. 다 짜지 않은 치약으로 남편을 타박하던 아내가 실은 남편의 쇼핑 중독에 불만을 품고 있었을 수도 있다. 제때 컵을 씻으라고 파트너를 탓하던 레즈비언은 가사노동이 자신에게

만 집중된 것이 짜증스러웠을 수도 있다. 과연, 보이는 게 다가 아니로구나. 제1차 세계대전이 오직 사라예보 사건에서만 촉발되었다고 보기 어렵듯 말이다. 《비행운》을 중고 서점에 파느냐 마느냐 하는 문제가 수면 위로 떠오른 빙하였다면, '나의 동거와 너의 동거는 다르다'는 것이 물속에 숨겨진 진짜 문제였다.

여러 번의 시행착오를 거치고, 그러한 질문을 계속하면서 나는 내가 동거를 어떻게 대하는지 구체적으로 알게 되었다. 내게 동거란 애인과 함께 하고 싶은 완성된 상태다. 결혼을 위한 계단도 아니고, 어쩔 수 없이 선택한 대안도 아니다. 그는 '함께 있고 싶으니까 같이 산다'라는 것에는 동의했지만, 언젠가 제도 안으로 들어가기를 바랐다. 게다가 그의 동거와 나의 동거가 결정적으로 달랐던 건 '미래를 향한 약속' 정도였다. 그와 오래 함께하고 싶었지만, 동거를 한다고 해서 그와 검은 머리가 파뿌리 되도록 영원히 함께할 자신이 있다는 건 아니었다.

결국 우리는 《비행운》을 팔지 않았다. 우리의 싸움은 다른 연인들의 다툼이 그렇듯 물을 섞은 것처럼 서서히 흐려졌다. 치킨 다리를 양보하면서, 식빵 가운데 부분을 떼어주면서 문제를 덮어나갔다. 그 책을 팔지 않아서였을까. 우리는 1년을 함께 살고 헤어졌다. 마지막으로 짐을 정리하던 날, 우리는 각자의 《비행운》을 나눠 가졌다. 지금도 그 책은 내 책장에 꽂혀있다. 내가 기꺼이 책을 함께 섞었더라면, 《비행운》을 알라딘 중고 서점에 거침없이 넘겼더라면 어땠을까 상상해 본다. 우리는 헤어지지 않고 잘 살았을까? 어쩌면 그랬을지도 모르겠다. 그렇지만 그랬다면 나는 덜 행복했을 것 같다. 어쩌면 10년 후에 기어이 헤어져, 새로 《비행운》을 구입했을지도.

비행운의 사전적 정의는 이렇다. 대기 속을 비행하는 항공기가 남기는 가늘고 긴 구름. 시간이 지나면 비행운은 사라진다.

같이 살고 싶은데
너네 집 가서 전 부치긴 싫어

~~~

어쩌다 같이 살게 되었을까. 집 앞 코아마트에서 그가 좋아하던 송이버섯을 담다가, 잠이 안 오는 새벽 그의 스쿠터를 타고 함께 심야 영화를 보러 가다가, 노을을 배경 삼아 그림을 그리는 그를 바라보다가도, 그런 생각은 슬며시 떠올랐다. 분명 익숙한 풍경인데 문득문득 낯설었다. 강남보다는 개성이 가까운 시골 동네에서 이 낯선 남자와 살고 있는 내 모습이 생경했다. 그럴 때면 새삼 우리의 시작을 더듬어 보게 되었다. 우리는 어떻게 동거를 시작하게 된 걸까.

6년을 다닌 회사를 그만뒀다. 사회가 흔히 말하는 여자들이 다니기 좋은 직장이었다. 여자니까 회식 자리에서 좀 더 빨리 일어날 수 있고, 여자니까 부서 당 한 명씩 빠지지 않고 배치된다는 말이었다. 사내에 여자 임원은 전시되는 몇 외에는 없었고, 교묘하게 여자들끼리의 자리싸움을 장려하는 문화가 있었으나 상관없었다. 배려라는 이름으로 서열 싸움에서 여자를 소외시킨다 하더라도, 그 회사를 바꿔보려 젊음을 불태우다 전사하긴 싫었다. 누군가는 신이 숨겨둔 직장이라 했다. 일하는 것보다 많이 주지 않느냐고 했다. 그랬다. 그렇지만 연봉을 인생과 교환할 수는 없는 노릇이다. 일의 의미에 대한 갈증. 그건 넉넉한 휴가나 인센티브로 메꿔지지 않았다. 우리 엄마 말마따나 평안 감사도 제 싫으면 그만이다. 역시 그녀의 말마따나 젊어서 고생을 사서 하는 게 아니라 나이 불문, 고생을 자처하는 인간이 있을 뿐이니까. 내가 그런 인간이었다.

애인은 하던 사업을 접었다. 돈을 긁어모으진 않았으나 꽤 자리를 잡은 편이었는데도 그랬다. 그래픽 노블을 그리고 싶다고 했다. 사실 그는 이미 한 번 회사를 그만둔 전력이 있었다. "겁이 나서 하고 싶은 일에 전력을 다해 뛰어들지 못했어. 더 늦기 전에 하고 싶은 일 해봐야 할 것 같아."

그렇게 그와 삶의 전환기가 겹쳐서였을까.

이런 장면이 기억난다. 눈이 펑펑 오는 밤이었다. 10년 만의 폭설이라고 했던가. 부츠에 쌓이는 눈이 녹기 전에 다른 눈송이가 그 위에 내려앉았다. 가로등이며 입간판이 다 새하얗게 변했다. 퇴근길이었는데 눈이 오니까 그가 더 보고 싶었다. 분당에서 목동까지. 쉽게 갈 거리도 아니고 내일 출근은 오전 여덟 시였지만, 집으로 향하던 차를 돌렸다. 차가 끔찍하게 밀렸다. 운전하는 동안 눈이 자꾸만 더 쌓였다. 목동에 도착했을 땐 무릎 밑까지 눈이 쌓여 있었다. 서프라이즈로 그의 집에 도착했을 땐 두 시간이 훌쩍 넘은 후였다. 기진맥진해야 마땅했는데도 생기가 돌았다. 훈훈한 온기가 도는 방에서 그가 나를 반겼다. 네 시간을 자고 다시 일어나 회사로 차를 몰았다. 자고 있는 그를 깨우기 싫어 숨죽여 문을 닫았다.

그렇게 좋아해서였나.

각자 하던 일을 그만두고 그와 나는 함께 살 집을 찾았다. 1년이라도 하고 싶었던 일을 제대로 해보고 싶었다. 표면적으로는 내가 머물던 사택을 빼줘야 한다는 이유, 그가 서울이 아닌 곳에서 살아보고 싶다는 이유였지만 돌아보면 같이 있고 싶었기 때문인 것 같다.

결혼을 결심한 친구들에게 묻는다. "어떻게 결혼을 결심하게 됐어?" 결혼할 사람은 한눈에 보면 안다는 둥, 아플 때 자신을 간호해 주는 걸 보고 이 사람이다 싶었다는 둥, 심지어는 안경을 쓰고 화장을 지운 자신을 받아들여 줬다는 둥 진담인지 농담인지 모를 말들은 많았으나 공통적인 이유는 하나였다. 함께 있고 싶어서. 동거도 마찬가지다. 우리는 함께 있고 싶어서 같이 살기로 했다. 동거의 이유를 장황하게 해명할 일이 종종 생긴다. 그런 질문은 어김없이 다음 질문으로 이어진다. "왜 결혼이 아니라 동거인가?"

이상한 질문이다. "왜 동거가 아니라 결혼인가?"라고 묻고 싶어진다. 결혼은 '함께 있다'라는 것보다 훨씬 많은 것을 함축하고 있기 때문이다. 한국 사회에서 결혼은 사랑하는 두 사람의 합일에서 그치지 않는다. 결혼은 집안과 집안의 약속까지 포함한다. 잠깐만 눈을 돌려봐도 그렇다. 결혼 정보 회사에서 학벌과 연봉, 집안 따위를 따지는 것, 미즈넷 같은 사이트에서 이 결혼의 조건이 평등한가에 대해 자를 들이대는 것 따위가 그렇다. 결혼 당사자들이 인생에 중대한 결정(휴직, 퇴직, 이민 등)을 내릴 때에 양가에 허락을 받는 문화는 또 어떠한가. 명절마다 일어나는 수많은 분란에 대해 여기서는 침묵하도록 하자. 그것이 옳다, 그르다 혹은 바뀌어야 한다고 이야기하는 건 지금 내 몫이 아니다. 다만 나는 이렇게 말할 수 있을 뿐이다. 결혼은 '함께 있겠나'라는 약속보다 더 큰 무엇이라고. 상대와 하는 포옹이라기보다는 사회와 하는 악수에 가깝다고. 나는 아직 제도권 속으로 몸을 던져 사회와 악수할 준비가 되어있지 않았다. 그냥 사랑하는 사람과 함께 있고 싶었다.

그렇다. 같이 살고 싶은데 추석에 그의 집에 가서 앞치마를 두르고 전을 부칠 자신은 없었다는 말이다. B급 며느리를 자처하며 전장으로 나가기엔 전투력도 없었다. 내 삶의 결정에 훈수를 두는 이들은 내 가족으로 충분했다. 함께 있고 싶다는 단순한 소망을 가장 단순한 방식으로 이루는 것은 함께 있기였다. 그냥 함께 있기.

실은 어쩌다 그 사람을 사랑하게 되었느냐는 질문만큼이나 어떻게 하다 동거를 하게 되었느냐는 질문도 답하기 어렵다. 어떻게 사랑에 빠지게 되었느냐는 질문에 뒤통수를 긁적이며 상대의 장점에 대해 중언부언 이야기하게 되는 식이다. 웃는 모습이 예쁘잖아. 말을 곱게 하더라고. 듬직하잖아. 그러나 웃는 모습이 예쁜 사람이 세상에 어디 한둘인가. 사랑에 빠진 후에 그 이유에 대해 찾는 일은 낭만적인 놀이지만, 논리의 영역으로 들어오긴 어려운 부분이다. 동거도 비슷했다. 결혼이 아니라 동거를 해야 하는 이유에 대해 심사숙고하고, 장단점을 따져 프레젠테이션하고, 끝없는 Yes와 No의 알고리즘에 답한 것도 아니다. 뒤늦게 그 시간을 더듬어 이유를 추론해 보니 하나의 문장이 남았다. 함께 있고 싶어서 동거하게 되었다.

막연하게 결혼과 출산을 상상하던 이십 대 초반. 나도 남들처럼 적당한(요즘 평균 결혼 연령은 삼십 대 초반이라고 하지만) 나이에 결혼해서 아이를 낳을 줄 알았다. 그래서인지 상대의 성씨가 궁금했다. 내 아이의 성은 무엇이 될지, 우리의 청첩장에는 어떤 성의 남자가 적혀 있을지 상상하곤 했다. 김? 김 씨는 너무 무난해. 이? 받침이 없어서 좋은 것 같지만 흔한걸. 정? 나랑 같으면 좀 그런데. 남자친구가 바뀌면 꼭 한 번은 그런 상상을 하곤 했다. 썸남만 가지고도 결혼식장 안내판에 적힐 이름을 그려봤다는 건 남부끄러운 비밀이다.

그런데 언제부턴가 그런 버릇이 없어졌다. 동화책 속에 얼렁뚱땅 나오는 '그리하여 행복하게 살았습니다'라는 건 결혼'식'에 대한 이야기고, 진짜 결혼은 그 이후부터라는 걸 알아서였을까. 아니면 결혼은 제도와 약속이라는 걸 어깨너머로 배워서였을까. 아이를 낳지 않겠다고 결심해서인가. 그건 내가 지금 애인을 덜 사랑해서가 아니라, 사랑이라는 게 무엇인지 더 진지하게 고민하게 되었기 때문이라고 우겨보고 싶다. 대신 그런 장면을 상상해 본다. 원숭이처럼 내 머리를 헤집기 좋아하는 애인에게 흰머리 뽑기를 맡기고 설핏 잠이 드는 낮을. 함께 간 터키 여행에서 얻은 그의 발가락 흉터가 옅어지는 걸 보는 밤을. 같이 세월을 잊는 법을 익히는 날을.

함께 살아도
'자기만의 방'이 필요하다

≈≈≈

동거란 무엇인가. 어떤 질문을 반복적으로 받게 되면 질문 자체에 대해 질문하게 된다. "어떻게 동거를 시작하게 되셨나요?", "동거를 하시는 이유는 뭔가요?", "언제부터 동거해 오셨나요?" 탁구대 앞에 선 포레스트 검프처럼 정신없이 질문을 받아내다 보면, 근본적인 질문에 봉착한다. 과연 동거란 무엇인가?

표준국어대사전에는 이렇게 등재되어 있다.

동거(同居)

한집이나 한방에서 같이 삶

부부가 아닌 남녀가 부부 관계를 가지며 한집에서 삶

부부(관계)란 무엇인가. 다시 표준국어대사전에 의지해 본다.

부부(夫婦)

남편과 아내를 아울러 이르는 말

남편과 아내란 무엇인가. 다시 표준국어대사전을 펼치자니 이것은 끝이 없는 말꼬리 잡기의 싸움이 될 것만 같다. 법적으로 신고를 해야만 부부인 건지, 동반자법이 통과된다면 남녀라는 기준은 어떻게 바꾸어야 할 것인지에 대한 문제는 잠시 미뤄 본다. 답이 없는 질문을 서랍에 욱여넣고, 다시 근본적인 질문으로 돌아간다. 한집에서 산다면, 한방에서 같이 안 살아도 동거인 거겠지?

"각방 쓰자."

처음 같이 살기로 결정한 후, 애인에게 각자 방을 따로 가지

자고 제안했다. 애인은 내가 가출이라도 선언한 것처럼 펄쩍 뛰었다. 각방을 쓰면 싸워도 절대 풀리지 않는다나. 각자 방이 따로 있는 건 하우스메이트일 뿐이라나. 이건 피터팬에서 구한 셰어하우스 메이트나 마찬가지라나. 동거나 결혼을 하면 한방에서 지낼 거라는 암묵적 합의가 있나 보다. 나름대로 고집이 센 두 명이 모이니, 게다가 도저히 중립 지점을 찾아낼 수 없는 주제에 대해 이야기하니 며칠이 지나도 결론이 나지 않았다.

만춘: 너 코 크게 골잖아. 나 잠귀 예민해서 못 자.
애인: 이제 코 안 골게.
만춘: 그게 의지로 되는 문제야?
애인: 그럼 귀마개를 해.
만춘: 귀마개를 해도 들려!

만춘: 같이 쓰는 공간 말고 온전히 나만 쓰는 공간도 필요해.
애인: 그럴 거면 뭐 하러 같이 살아?
만춘: 같이 있고 싶으니까. 그리고 가끔 혼자도 있고 싶으니까.
애인: 나는 혼자 있을 공간이 필요 없는데.

애인: 침대를 같이 써야 싸움이 오래 안 간대.

만춘: 섹스로 갈등을 푸는 방식은 마음에 안 들어.

애인: 꼭 섹스만 의미하는 건 아니지.

만춘: 그럼 공동 수면의 효과라는 건가?

애인 & 만춘: 우하하!

(실제로 공동 수면이 정서적 효과가 있다는 말을 나중에 들었다)

결혼한 부부는 이런 마음을 알지도 모르겠다. 같이 있는 게 좋지만 가끔은 혼자 있고 싶은 마음 말이다. 남편이 시댁에 갔다며 밤새 게임을 하는 아내나, 아내가 출장을 갔다며 밀린 미드를 몰아보는 남편의 마음이 이러할까. 결혼하니 어떠냐는 질문에 여자친구랑 실컷 데이트를 했는데, 밤이 되어도 여자친구가 집에 안 가는 느낌이라고 말한 어떤 남자의 기분이 그러할까.

한 공간에 함께 있고 싶지만, 혼자 있고 싶은 순간도 많다. 고독해 지고 싶을 때. 시를 쓰고 싶을 때. 다른 이유 때문에 기분이 안 좋은데 상대에게 보이기 싫을 때. 머리를 질끈 묶고 렌즈 빼고 팬티 바람으로 있고 싶을 때. 제모하는 모습을 생중계하기 싫을 때. 그날 하루 방탕하고 한심하게 보내고 싶을 때. 이유 없이 그냥 혼자 있고 싶을 때. 버지니아 울프의 말마따나 '자기만의 방'이 필요하다.

기나긴 토론 끝에 우리는 결국 애매한 지점에서 새로운 대안을 만들었다. 공동으로 쓰는 방을 하나 둘 것. 그리고 나의 방을 하나 둘 것. 방이 세 개였기 때문에 나머지 한 개는 충분히 그의 방이 될 수 있었지만(공동 침실, 내 방, 애인 방) 그는 자기만의 방을 거부했다. 공동 침실을 쓰면서 방에서 나를 기다리겠다 했다. 어쩌면 그만의 항의 방법이었는지도 모르겠다. 조금 큰 침대를 널찍한 공동 침실에 두고, 싱글 침대를 작은 내 방으로 가져왔다. 그렇게 절반쯤 각방을 쓰는 동거가 시작되었다.

자신만의 영역을 남겨두는 것이 서로의 관계에도 도움이 되었다고 믿는다. 상대를 완전히 다 안다고 생각할 때보다(그럴 수도 없겠지만) 내가 모르는 어떤 부분이 있다고 생각할 때, 그는 더 매력적으로 보였다. 파스칼 키냐르도 비밀이 없는 자, 영혼이 없다고 하지 않았나. 매일 내 침대로 오는 게 당연한 애인보다, 함께 몸을 비빌지를 점쳐야 하는 관계가 조금 더 짜릿했다. 아침에 눈곱도 채 떼지 못한 채로 얼굴을 마주 보는 게 다반사지만, 가끔은 비비크림이라도 바르고 생얼인 양 예쁜척하고 싶었다. 가장 못생긴 모습을 보여줬다고 해서, 매일 못생긴 얼굴만 보여줘야 하는 건 아니니까. 우리는 내가 너 같고, 네가 나 같은 상태가 되지는 못했다. 그러나 내 방이 있어서 나는 그를 더 잘 사랑하게 되었다.

내 방이 있다는 건 혼자 생각할 충분한 공간이 생긴다는 뜻이기도 했다. 누군가 곁에 있을 때는 글쓰기에 집중하지 못하는 탓에, 글을 쓰기 위해 방에 처박히기도 했다. 그 집에서 산 1년 동안 애매한 각방의 상태는 계속되었다.

"떠날 수 있는 자만이 머물 수 있다." 강신주가 어느 책에서 한 말인데 너무 공감한 나머지 밑줄을 박박 그었다. 어쩔 수 없이 억지로 있는 건 머무는 게 아니라 매어있는게 아닌가. 언제든지 떠날 수 있는 자가 그곳에 머무르기를 결정하는 것이야말로 진정 '머무른다'라고 할 수 있다.

나는 우리의 침실에 자주 '머물렀다'. 사실 우리의 침실에서 자는 날이 일고여덟 날이라면, 나의 침실에서 자는 날은 이삼 일 남짓이었다. 이럴 거면 뭐 하러 각방을 쓰자고 우겼냐고 그는 말했지만, 실은 내 방이 있었기에 '우리 방'에서 나는 더 만족스러웠다. 설사 한 달에 하루만 내 방에서 잔다고 할지라도, 내 방이라는 상징적인 의미는 같은 효과를 내기에 충분했을 것이다.

우습게도 그와 헤어진 지 1년쯤 후에 나는 《각방 예찬》이라는 책의 마케팅을 맡게 되었다. 30년 넘게 부부 관계를 전문으로 연구해 온 저자가 150커플을 상담하며 알게 된 이야기들을 풀어낸 책이다. 제목과 내용에 반전이 있을 거라는 추측과 다르게 정말 문자 그대로 각방 쓰기를 예찬하는 책이다. 책 내용에 이런 구절이 있다.

"더 잘 사랑하려면 떨어져서 자야 한다."

같이 살고 싶으면
여행 먼저 해보라기에

≈≈≈

#1. 고등학교 때 리코더 반에서 알토 리코더를 불었다. 리코더 반에 들어가면 실기 점수 만점을 준다 했다. 성적을 신경 쓰는 아이들이 너도나도 리코더 반에 들었다. 어쩌다 보니 리코더 반은 전교에서 30등 안에 드는 아이들이 모이는 우수반이 되었다. 선생님은 리코더를 잘 불어야 머리가 좋다며 흡족해했다. "결혼할 상대를 고를 때는 꼭 리코더를 불어보게 해야 해. 리코더를 잘 부는 사람이 머리가 좋거든." 어째서 머리가 좋은 사람과 결혼해야 하는지조차 공감하지 못했지만, 그 말은 오랫동안 내게 붙어 있었다. 결혼할 사람에게는 리코더를 불어보게 할 것.

#2. "연애는 상대가 하고 싶은 걸 함께 하는 거고, 결혼은 상대가 싫어하는 걸 하지 않는 거래." 술자리가 시작되기 무섭게 먼저 자리를 뜨며 친구가 말했다. 대학 시절 내내 술자리의 마지막을 지켜 셔터맨이라 불리던 친구였다. 아내가 늦게까지 술 마시는 걸 싫어한다 했다. 오호라. 결혼이란 그런 것이군. 그 말 역시 저장했다.

#3. "결혼하기 전에 꼭 여행을 같이 가봐야 한대." 친구가 은밀한 이야기를 전하듯 속삭였다. "그래야 그 사람의 진짜 모습을 볼 수 있대." 여행을 함께 하다 보면 며칠 동안 붙어 있어야 하고, 낯선 상황에서 어떻게 적응하는지도 볼 수 있을 테니 그럴 수 있겠다 싶었다. "근데 좀 힘든 여행을 해야 한대.", "어떻게 힘든 여행?", "돈이 빠듯하거나, 오지에 간다거나." 왜냐고 묻지 않아도 알 수 있었다. 안전한 지역을 많은 돈으로 여행하면 싸울 일이 무엇이 있겠나. 문제를 맞닥뜨리고 해결해 나가는 모습을 서로 보고 싶다면, 역시 힘든 여행지를 골라야 하겠지.

결혼하기 전에 상대가 나와 맞는지 알아보기 위한 방법은 무슨 비기처럼 떠돌았다. 속궁합이 맞는지 알아보기 위해 남자는 코를, 여자는 귀를 봐야 한다는 이야기도 들었다(코는 클수록, 귀는 깊을수록 좋단다). 손가락이 길면 게으르니 조심해야 한다느니, 남자가 키만 멀뚱히 크면 제대로 힘을 쓰지 못한다느니 하는 미신도 있었다. 같은 취미를 가진 사람을 만나야 한다, 자기 가족들에게 보이는 태도가 좋은 사람이어야 한다, 식당 웨이터에게 상냥한 사람이 좋다. 그런 납득할만한 조언도 들었다.

그중 제일 믿음직스러웠던 건 역시 '힘든 장기 여행을 해보아야 한다'라는 것이었다. 꼭 그 이유 때문은 아니었지만 애인과 나는 함께 살기 전, 한 달의 여행을 하기로 했다. 퇴사 후 여행이 유행처럼 번지던 시기였다. 내 퇴사, 그의 사업 마무리를 맞아 우리도 여행을 떠나기로 했다. 한 달간 태국으로. 각자 백만 원을 가지고.

우리는 방콕으로 날아가, 기차를 타고 치앙마이에 머무른 후, 버스를 타고 빠이에 도착했다. 도시마다 머무른 시간은 조금씩 달랐지만 북쪽의 작은 마을, 빠이에 가장 오랜 시간 있었다. 여느 여행자들처럼 카오산로드에서 길거리 음식을 먹고, 숙소에 있는 수영장에서 오랫동안 수영을 했다. 레스토랑이나 바에서는 밤마다 밴드들이 공연을 했다. 커피값을 아껴 그들의 팁 박스에 돈을 넣었다.

어쩌다 보니 친구의 말대로 예산이 빡빡한 여행이 되었다. 여행비 백만 원은 항공료를 포함한 금액이었다. 항공료 30만 원을 제외하면 70만 원. 10만 원은 교통비와 입장료 등으로 빼두어야 했다. 한 달을 살려면 하루에 2만 원 정도를 쓸 수 있었다. 2만 원이면 숙박비에 만 원, 식비에 만 원을 쓸 수 있었다. 한 끼에 3천 원 남짓이었다. 아무리 물가가 싼 태국이라 해도 현지인처럼 살아야 버틸만한 금액이었다.

좋은 숙소는 일주일에 한 번 정도, 나머지 날들은 1~2만 원 정도의 숙소에 머물렀다. 평균적으로 그저 그런 숙소에 머무르는 것보다, 좋은 숙소와 별로인 숙소를 오르락내리락하는 걸 좋아하는 성향이 맞았다. 한 번은 하루 3천 원짜리 숙소에서 며칠 간 머무른 적도 있었다. 에어컨 대신 달달 소리를 내며 돌아가는 오래된 선풍기가 있는 방이었다. 화장실 문은 제대로 닫히지 않았고 더운물은 당연히 나오지 않았다. 시트 대신 오래된 담요가 덮인 침대가 있었다. 새벽이면 때때로 옆방에서 교성이 들려오기도 했다. 맛있는 밥 한 끼를 먹기 위해 두 끼는 길거리에서 먹었다. 가난한 여행이었다.

그래서 우리가 잘 맞는지 파악했느냐고? 하나를 보면 열을 아는 혜안이 없어서일까. 여행 중에 맞닥뜨린 문제들을 어떻게 해결해 나가느냐를 보고 미래를 점치기는 어려웠다. 나도 의존적인 타입이 아니었고, 그도 꽤나 적극적이고 독립적인 성격이라 어려움이 닥쳤을 때 수월히 해결해 나갔다. 치앙마이로 가는 기차가 열 시간 안에 도착이라고 해놓고 열네 시간이 걸려서 다음 일정이 꼬였을 때도 그러려니 마음을 비웠고, 그가 세탁소에 빨래를 맡겨 놓고 그냥 버스를 타버렸을 때도 웃고 말았다. 길은 그가 찾고, 현지인과 대화는 내가 했다. 그러나 그것만으로 '우리가 잘 맞는다'라고 볼 수 있었을까.

우리가 잘 맞는지는 확실히 알 수 없었지만, 그래도 여행을 하면서 그에 대해 더 많은 걸 알게 되기는 했다. 그도 나처럼 낯선 사람들과 어울리는 걸 좋아했다. 빠이에 머무르면서 우리는 '아트 인 차이Art In Chai'라는 여행자들을 위한 카페를 알게 되었고, 그곳에서 전 세계 여행자들과 스스럼없이 어울리는 그를 보는 게 좋았다.

반면에 그가 의외로 감수성이 떨어진다는 것도 알았다. 그는 여행에서 만나는 게이나 트랜스젠더를 혐오했다. 방콕에서 내 마사지사로 트랜스젠더가 들어왔을 땐 그가 카운터에 항의를 하러 가는 걸 말리기도 했다. 여행하는 내내, 내가 무거운 배낭을

양보하지 않아 답답해했다. 힘센 사람이 무거운 짐을 더 지는 건
당연하다며 배낭을 자주 들어 주고 싶어 했다.

한 달의 여행으로 우리가 앞으로 함께 잘 살아갈 수 있을지
가늠할 수 있다면 얼마나 좋을까. 10년을 만나도 막상 결혼하면
다른 모습을 보인다고들 한다. 하기야 30년을 살아도 내게 이런
모습이 있었는가 하고 스스로에게 깜짝 놀랄 때도 있다. 여행이
동거에 대해 대단한 확신을 심어주지는 않았다.

우리가 잘 맞는지 가늠할 수 있었던 건 역시 '동거'였다. 함
께 살아보고 나서야 나는 내가 그의 어떤 부분을 가장 좋아하는
지 알게 되었고, 더불어 내가 무엇을 참을 수 없는지도 알게 되
었다. 그도 그랬을 것이다. 결혼이 '함께 사는 것'에 '사회적인 약
속'을 더하는 것이라면, 역시 '함께 살아 보면' 더 잘 살 수 있지
않을까.

헤어지는 순간까지 나는 그에게 리코더를 불어달라고 한 적
이 없다. 악기 연주를 잘하는 사람이니 아마 리코더도 잘 불었을
것이다. 고백하건대 나는 리코더 반에서 알토 리코더를 1년이나
연주했음에도 리코더를 잘 불지 못한다. 그러니 상대에게 리코
더를 불게 하기에 앞서, 내가 리코더를 잘 불지 못한다는 걸 먼

저 숨겨야 할 노릇이다. 언젠가 나의 애인이 내게 리코더를 불어 달라고 하면 어쩌나. 그러니 지금 내가 신경 쓸 것은 나의 리코더 실력이다. 상대가 리코더를 잘 불건 말건. 내가 통제할 수 있는 것은 나의 리코더일 뿐. 나는 더 좋은 동거인이 되고 있는 걸까. 삘릴리 삘릴리 삘릴릴리.

내 삶의 범위를
-100에서 +100으로 넓히기

~~~

뚱이와 땡이는 아빠 친구의 개였다. 합쳐서 뚱땡이. 시골의 흔한 똥개 두 마리. 1미터가 채 되지 않는 목줄에 묶인 뚱땡이는 내가 오면 멀리서부터 펄쩍펄쩍 뛰었다. 간식을 주면 좋아서 오줌을 쌌다. 뚱이를 만져주면 땡이가 목줄이 뽑히도록 헥헥거렸고, 땡이를 쓰다듬으면 뚱이가 고개를 디밀었다. 1미터 길이의 목줄 때문에 뚱땡이는 서로의 몸에 닿을 수도 없었다. 목줄 끝의 말뚝이 땅에 박혀있었다. 뚱땡이 정도의 몸이라면 마음만 먹으면 뽑을 수 있을 것 같았다. 어느 날은 간식을 들고 갔더니 뚱땡이의 말뚝이 뽑혀 있었다. 뚱이와 땡이는 서로 엉켜 놀고 있었다.

만춘: 왜 도망가지 않지?

엄마: 태어날 때부터 묶여 있어서 어디로 가야 할지도 모를 걸.

만춘: 어디든 1미터 목줄 안 보다는 나을 텐데.

엄마: 나가면 개장수한테 잡힐 걸.

만춘: 나라면 그래도 나가서 죽을래.

엄마: 나도.

1미터 목줄 안의 삶은 어떨까. 반경 1미터가 세상의 전부인 삶. 그게 뚱땡이의 세계라면 나의 세계는 어떠한가. 나의 목줄은 몇 미터일까. 내 목줄 끝의 말뚝은 어디에 박혀 있을까. 경기도 외곽의 작은 동네에 박혀 있을까? 아니면 대학 동창들의 라이프 스타일에? 이름을 들어본 회사에 취업해서, 역시 탄탄한 직장을 가진 남자와 결혼하여 아이를 낳는 평범하고(?) 행복한 일상이 나의 범위일까? 만약 그렇다면 내 삶의 평균은 무엇과 무엇을 더해서 무엇을 나눈 값일까?

회사를 그만두고, 애인과 나는 태국의 빠이에 머물렀다. 그곳에 머무는 동안 나는 내 삶의 평균값을 내기 위한 범위를 넓혔다. 내 목줄에서 만 킬로미터 정도 먼 사람들을 만났다.

빠이는 태국의 북쪽, 미얀마와 중국, 라오스 국경과 가깝다. 방콕에서 야간열차를 타고 열두 시간을 달려 다시 구불구불한 산길을 네 시간이나 버스로 달려야 도착할 수 있는 작은 산골 마을이다. 온 마을이 예술 예술 한다기에 타히티에 숨은 고갱이라도 만날 수 있을 줄 알았건만, 나도 고갱의 시대에 사는 범인인지라 고갱을 알아볼 수는 없었다. 한번 들어오면 누구든 장기 여행자로 만든다던 백패커스들의 블랙홀이라더니. 의외로 돈 냄새, 도시 냄새가 났다.

빠이에 실망했을 즈음 '아트 인 짜이'를 만났다. 히피들의 카페로 유명한 이곳은 매주 목요일 'Spoken Words'를 연다. 나누고 싶은 이야기, 시, 음악, 연극을 자유롭게 나누는 행사다. 누구든 이야기할 수 있고 언제든 떠날 수 있다. 하루에 시 몇 편, 레게 연주 몇 곡, 동화 한 편, 연극 한 편, 스피치 두 편을 들었다. 꽤 어설펐고 감동적으로 열정적이었다.

그곳에서 나는 빠이에 사는 것도 아니고 여행 중인 것도 아닌 몇 명과 친구가 되었다. 1년의 절반 즈음은 고국에서 살고 나머지 절반 즈음은 빠이에서 사는 사람들. 그러니 절반 정도는 빠이 사람이라고 봐줘야 할 사람들. 네덜란드, 폴란드, 독일, 호주, 몽골에서 온 건축가, 디자이너, 기타리스트, 무엇보다 백수. 그곳

에 사는 동안 나는 그들을 카페에서도 만나고 버스터미널 앞 식
당에서도 만나고 길에서도 만났다. 한낮의 무료 급식소에서도
만나고 한밤의 재즈 바에서도 만났다. 몇은 그곳에서 아르바이
트를 했고 갑자기 야시장에서 물건을 팔다가 재즈 바에서 공연
을 하기도 했다. 우리는 인사를 하고, 기회가 되면 밥을 같이 먹
기도 하고, 마음에 맞으면 연주를 함께 하기도 했다.

  한 번은 빠이에 사는 한국인 히피와 저녁을 먹었다. 뮬란을
닮은 그녀를 '한국인'이라고 말해도 되는지 모르겠다. 스무 살에
한국을 떠나 7년째 인도와 태국을 오가던 그녀는 폴란드인 남자
친구와 빠이에 살고 있었는데, 한국을 무진장 싫어하기도 했거
니와 '한국적' 정서가 거의 없었기 때문이다. 그녀는 '여행' 중이
아니었다. 여행이란 '보금자리'란 상대어가 있어야 존재하는 단
어이니까. 그녀는 다만 '사는 중'이었다. "세계가 이렇게 넓은데
한 번 사는 동안 꼭 한곳에서 살아야 할 필요는 없잖아요?" 그녀
는 나 같은 농경민하고는 뿌리부터 다른 유목민이었다.
  그녀가 내게 빠이에 사는 건 어떻겠냐고 물었다. 한국인은 다
른 나라에 비해 비자 문제에 덜 시달리고 현지인들처럼 생활한
다면 한 달 30만 원으로도 살 수 있다 했다. 나는 지금처럼 그들

과 어울려 놀면서도 언제고 떠날 수 있는 자유도 누릴 수 있었다. 잠깐이지만 그 생각을 고려할 때… 아차, 싶었다. 빠이의 다른 이름이라던, '여행자들의 블랙홀'.

빠이가 여행자들을 블랙홀처럼 빨아들였던 건 물가 때문도 아니었고 엄청난 예술가들이 진을 치고 있어서도, 날이 더워서만도 아니었다. 빠이가 여행자들의 마을이기 때문이었다. 언제고 떠나고 돌아오는 여행자들의 마을. 서로를 지나치게 궁금해하지 않으면서 식사를 함께하고 술을 한잔할 수 있는 사람들의 셸터. 여기서 그들은 언제고 마을의 일원일 수 있었고 또 언제고 여행자일 수 있었다.

머무는 동안 나는 많은 이야기들을 수집했다. 몽골계 뉴욕인이었던 융은 의사를 그만두고 빠이에서 명상을 배우는 중이었다. 모로코에서 온 유하는 빠이의 바나 카페를 옮겨 다니며 노래를 부르는 일로 먹고살았다. 아트 인 짜이의 주인 샌디는 스웨덴의 히피, 오토는 남 푸켓의 예술가였고 허밀은 10년간의 건축 일을 그만두고 악기를 시작한 네덜란드인이었다. 하긴, 이 히피스러운 곳에서 국적이야 무슨 상관이겠느냐마는. 히피들의 라이프 스타일에는 기준값이 없어 보였다. 서른이 되기 전에 결혼해야 할 필요도, 이성과 함께 살아야 할 필요도, 평생 한 사람과 경제적 제휴를 맺어야 할 필요도 없었다.

그들을 만나며 나는 내 세계의 범위를 조금씩 넓혔다. 예컨대 이제까지 내게 세계는 -10부터 +10까지였다. 내가 조금이라도 6으로 혹은 4로 가기만 해도 나는 내가 '오드Odd'가 될까 봐 안절부절못했다. 나도 '평균 애호증'이었던 걸까. 그래서 나는 범위를 -100에서 +100으로 넓히고 싶다. 그럼 내가 조금 +6으로 혹은 +8로, 어쩌면 -5로 가도 내 세계 안에서 그것은 작은 변화다. +50즈음엔 융이 있고 +70즈음엔 오토를 두고 -10 즈음엔 샌디를 둘 수도 있다.

타인의 불행을 보고 자신의 행복을 확인하는 것만큼이나 자신의 세계를 이렇게 넓히는 일은 조금 비겁한 방법이다. 그럼에도 여행의 맛은 이런 것이 아닐까. 어디선가 '낯선 이'가 될 때에는 내가 -100쯤에 있어도 +100즈음에 있어도 상관없다. 여행자의 마을에 살 듯 살아낸다면 내 삶이 +30즈음에 머물러도 괜찮은 것 같다.

뚱이와 땡이는 1년을 더 못 살고 죽었다. 주인이 뚱땡이를 개장수에게 넘겼다. 뚱땡이가 말뚝을 뽑아서 도망갔다면 어땠을까? 거리의 개들과 싸우고, 부랑자에게 돌을 맞고, 덫에 걸려 고생했을까? 그러다 집으로 돌아와 제 발로 말뚝을 다시 박을 수도 있지 않을까? 다시 개장수에게 팔려 갔을 수도 있다. 결말이 같다고 하더라도 그 삶을 같은 것으로 봐줄 수는 없을 것 같다. -100과 +100의 세계에서 0에 머무르는 것과 -10과 +10의 세계에서 0에 머무르는 건 다르니까. 그럼 그럼. 다르고 말고.

언젠가 괜찮은
산책로

≈≈≈

여행이 끝나고 우리는 파주에 자리를 잡았다. 지난했던 각방 논란도 끝나고, 《비행운》의 기억도 흐려졌다. 사랑하는 사람과 함께 사는 일은 예상했던 대로 근사했다. 그러나 아직도 많은 사람들이 동거를 색안경 끼고 본다. 그들의 몇 가지 편견에 답하자면 이렇다.

동거, 음침하고 퇴폐적인가?

'동거'라는 말은 어딘가 은밀하고 퇴폐적인 분위기를 풍긴다.

치기 어린 소년 소녀가 퀴퀴한 냄새가 나는 여인숙에서 장기 투숙을 할 것 같다. 과일 가게 아주머니와 생선 가게 청년이 아는 눈을 피해, 다른 도시에서 동거하진 않았을까. 피시방에 자주 오는 유부남과 사랑에 빠진 알바생이 오피스텔에 딴 살림을 차리는 상상은 어떤가. 오월의 볕 아래에서 함께 걷기에는 어딘가 어색한 둘이 시작할 것만 같은 게 동거라는 단어다. 하얀 드레스를 입고 모두의 박수갈채를 받는 결혼과 한참 거리가 멀 것만 같은, 어딘가 음침하고 퀴퀴한 단어. 술과 섹스로 점철될 것 같은 끈적한 단어.

그러나 우리의 동거는 술과 섹스와는 거리가 멀었다. 오히려 일요일 아침의 나른한 기지개와, 바싹하게 잘 마른 수건, 뽀얗게 올라오는 커피 거품과 비슷했다. 함께 살기 시작하는 커플이 으레 그렇듯, 처음엔 마트에서 카트를 끌고 돌아다니는 것만으로도 신이 났다. 심야 영화를 보고 함께 집에 돌아오는 길에 스쿠터 위에서 맞는 바람도 시원했다. 주민 센터에서 진행하는 텃밭 프로그램에도 참여했다. 시골이라 모종을 파는 곳이 많았다. 고추며 상추, 토마토 모종을 사서 심었다. 거실 중앙에 웨딩드레스와 턱시도를 입고 찍은 사진을 걸어두는 대신, 우리가 함께 간 전시며 영화 티켓을 붙여두었다. 낮이고 밤이고 집으로 친구들을 초대해 놓았다. 근처에 사는 친구 부부와 친해졌다. 그 집 아이들을 대신 돌보는 일도 잦았다. 동네 빵집 아저씨와 얼굴을 트고 지냈다.

문란한 성생활을 기대한 사람에겐 미안하지만, 동거한다고 성욕이 끓는 야생마가 되는 건 아니었다. 오히려 털이 복슬복슬한 귀여운 강아지가 된다. 책을 읽으며 한 손으로 그의 어깨를 만지작거리거나, 딱딱한 뒤꿈치를 꾹꾹 눌러보는 일이 일상이다. 아침에 눈 뜨자마자 달아오르기에는, 목 늘어난 티셔츠와 산발이 된 머리가 그렇게 섹시해 보이진 않는다. 함께 살기 전에는 서로에게 잘 보이고 싶어 집에서 한참 그루밍을 했지만, 이제는 화장을 하고 머리를 만지는 모습마저 서로에게 보여야 하니 의욕이 떨어진다. 아마 나도 그에게 그렇게 보였겠지만, 그는 섹시하기보단 귀여웠고, 멋있기보단 기특하거나 안쓰러웠다.

동거, 방탕한 생활?

"1년간 돈을 버는 일을 쉬고, 하고 싶은 일을 해보자." 우리가 함께 결심한 일이었다. 어쩌다 보니 서울과 거리도 꽤 되어서, 예술을 위해 작정하고 시골에 내려온 커플처럼 보이기도 했다. 그래서 잘 되었느냐고? 그럴 리가.

늦잠을 자고, 천천히 아침밥을 해 먹고, 동네 산책도 하고, 거실 소파에 늘어져 도서관에서 빌린 책을 뒤적거리고, 몇 가지 행정적인 업무를 처리하고 나면 해가 지기 시작했다. 그제야 초조한 마음을 달래며 노트북 앞에 앉는다. 일이 잘 되는 날은 드물었다. 그럼 잠시 여유를 갖겠다며 식물을 돌보고, 청소기를 돌리다 저녁을 해 먹고, 몸부림치는 나를 어르고 달래 다시 자리에 앉혔다. 오래 변비를 앓은 환자처럼 끙끙거리며 겨우 일을 한 후에, 아무래도 오늘은 안 되겠다고 운다. 그러다 괜찮을 때는 새벽까지 일을 하고 해가 집 안으로 길게 누울 때까지 일어나지 않았다. 당연한 말이지만 이런 식의 생활 리듬이 건강에도, 일에도 좋을 리 없었다. 대체 왜 이러나! 회사를 다닐 때는 아침 여섯 시에도 일어나 아홉 시부터 업무를 시작하지 않았던가! 리듬이 엉망인 건 나뿐만은 아니었다. 그는 때때로 밤을 꼴딱 새웠고, 어떤 때는 오후 세 시에 일어나 일을 했다. 그의 만화는 내 일보다도 더 진척이 없었다. 매번 새로운 구상만 하지 제대로 된 작품을 그려낸 적이 없었다. 그가 그린 만화가 너무 재미가 없었다면, 그림이 엉망이어서 웃음이 나왔다면 응원할 수 있었을 것 같다. 나는 그가 그럴듯하게 말만 잘하고, 결과는 하나도 내어놓을

게 없는 사람인 것 같아 실망했다.

우리의 모습은 동거의 방탕함이라기보다는, 스스로 일을 하기 시작한 이들의 분투에 가까웠다. 혼자 일을 할 때에도 규율과 일의 리듬이 필요하다는 것을 알았다. 일하는 자리와 쉬는 자리를 구분해야 했다. 출근 시간과 퇴근 시간, 쉬는 시간과 식사 시간을 나누어야 했다. 스스로 기준을 정해 정기적으로 평가하고, 상을 주고, 질책해야 했다. 오랜 시간 회사에 몸담으면서, 밖에서 정해진 규칙에 따르기만 했던 우리에겐 낯선 경험이었다. 그와 나는 애인이자 하우스메이트였고, 코워킹 플레이스에서 일하는 동료였다.

동거, 책임 회피?

함께 사는 동안 내가 그의 가족을, 그가 나의 가족을 챙겨야 할 일은 없었다. 그의 어머니 생일이면, 그는 안개꽃과 생크림 케이크를 사 들고 부모님 집으로 갔다. 우리 부모님 결혼기념일에는 내가 부모님과 함께 남해로 여행을 떠났다. 우리는 서로 사랑했고 서로를 책임지려 했지만, 각자가 사랑하는 사람까지 책임지려고 하지는 않았다. 다만, 서로가 사랑하는 사람에 대한 각자의 감정을 존중했다.

고양이를 키우고 싶다고 주변에 노래를 부르고 다닌 지 10년.
아직도 나는 길고양이에게만 먹이를 주는 예비 집사일 뿐이다.
고양이가 너무 좋지만, 한 생명을 10년 이상 책임질 자신이 아직
없다. 어쩌면 결혼도 그래서 안 하는 게 아닐까. 때가 되면 결혼
할 상대를 선택해 당당하게 버진 로드(윽, 명칭이 싫다)를 걷는 이
들이 대단해 보였다. 그들이 얼마 안 가 임신 소식을 알릴 때도
존경스러웠다. 저렇게 큰 책임을 저렇게도 담담하게 지다니! 그
건 내가 닿을 수 없는 경지처럼 보였다. 고산증으로 머리가 어지
러운 안나푸르나에서, 나만 한 짐을 지고도 여유롭게 내 곁을 지
나가는 포터를 보는 기분이랄까. 그때의 내가 확실하게 책임질
수 있는 건 우리 관계 정도였다. 헉헉거리며 겨우 발걸음을 옮기
는 내게는, 그 작은 봇짐이 내가 질 수 있는 최대의 무게였다.

어쩌면 동거는 용기가 없어서 차마 해외여행을 떠나지는 못
하는 이가, 안락한 소파에 앉아 〈걸어서 세계속으로〉를 보는 기
분일지도 모른다. 아니면 4D 영화관에 앉아 안전하게 모험을 즐
기는 것일지도 모른다. 내가 정의하는 결혼은 본디 그런 것이 아
니라며 용감하게 싸우는 게 맞는 방법일까? 누군가는 제도 안으
로 성큼 걸어간 후에, 잘못된 제도를 고치겠다며 창을 갈기도 한

다. 멋진 일이다. 그러나 영 내가 할 수 있을 만한 일은 아니다.

주뼛거리며 뒤로 물러난 나는 다르게 갈 수 있는 길은 없나 뒷길을 기웃거린다. 거대한 창 대신 조그만 맥가이버 칼을 들고, 이렇게 가볼까 저렇게 가볼까 궁리하면서. 괜찮은 길을 찾으면 내 봉화를 올리리라. "여기야, 여기로도 갈 수 있어!"라고 소리쳐야겠다. 맥가이버 칼로 대충 잡풀을 잘라 만든 길이, 언젠가 괜찮은 산책로가 될지 모를 일이다.

집안일 잘하는 남자라고
페미니스트인 건 아니니까요

~~~

초등학교 6년 동안 피아노를 쳤다. 딸의 성실함을 재능으로 착각한 엄마는 개인 레슨을 위한 선생님을 고용했다. 내게 마르고 손가락이 긴 사람은 까다롭다는 편견을 갖게 해준 그는 심각한 완벽주의자인지라, 한 곡을 100일이 넘게 치게 했다. 너무 지겨워서 다른 곡을 치다 걸리면 30센티 자로 손가락과 허리를 툭툭 쳤다. "중요한 건 자세야. 지금은 자세를 익히는 거야."

덕분에 나는 피아노가 더 지긋지긋해졌고, 역시 그 덕분에 피아노를 칠 때만큼은 바른 자세로 앉게 되었다. 엉덩이를 제대로 넣고 앉아 허리를 똑바로 펴고 친다. 자세만큼은 예술의 전당에 앉은 피아니스트다.

촌에서 어렵게 살면서도, 딸에게 피아노를 가르치고 싶어 하는 그 시대의 엄마들이 그렇듯, 우리 엄마도 정작 집안일을 가르치진 않았다. 정작 본인은 도비처럼 일했으면서 말이다. 30년 동안 3만 번이 넘는 밥을 차리고, 딸들의 교복을 6년이나 다리고, 역시 만 번도 넘게 청소기를 돌린 엄마를 생각하면, 명치 아래가 쿡쿡 눌리는 느낌이 든다. 30년 경력 도비의 딸인데도 정작 나는 집안일에 대해 아는 바가 없었다.

청소기를 돌릴 때 버튼을 '약'에 둬야만 먼지가 더 잘 빨린다는 사실도 영화를 통해 배웠다(그때까지 나는 청소기에 왜 '약' 버튼이 있는지 이해하지 못했다. 무조건 센 게 좋은 거 아닌가?). 콩나물국을 끓일 때 뚜껑을 내내 덮거나, 내내 열어둬야 비린내가 덜하다는 것은 네이버 검색으로 알았다. 기름이 말라붙은 프라이팬은 몇 분 끓인 후에 설거지를 해야 한다거나, 과일을 씻어서 보관하면 쉽게 무른다는 것도 친구들과 여행을 다니며 배운 상식이다. 엄마는 내게 달랑무 담그는 것도, 시침질을 뜨는 법도, 세탁기 거름망을 바꾸는 것도 가르치지 않았다. 그게 엄마의 사랑 방식이었다. 손에 물 한 방울 묻히지 않는 고운 딸로 키우는 것. 대신 그 곱고 부드러운 손으로 우아하게 피아노 건반을 두드리기를 바랐으리라.

딸이 피아노는커녕, 사무실에서 자판 두들기기조차 때려치울 거라는 걸 알았다면 엄마는 집안일을 좀 가르쳤을까? 집안일 '알못'인 나 덕에 고생하는 건, 억울하게도 나와 함께 살게 된 애인이었다. 연애할 때만 해도 내가 이 정도로 집안일에 젬병이라는 건 몰랐겠지. 별 하나에 놀람과, 별 하나에 실망과, 별 하나에 어머니. 어머니⋯. 본격적으로 '살림'을 함께 하면서 그는 매번 나의 무지에 경악하곤 했다.

애인: 수건에서 좋은 냄새가 나!

만춘: 섬유 유연제를 바닐라 향으로 바꿨지.

애인: 수건 빨 때 섬유 유연제를 부어?

만춘: 그럼 안 부어?

애인: (충격)

(수건과 속옷은 섬유 유연제를 쓰지 않는 게 좋다고 한다.)

만춘: 이 청소기는 밀대가 너무 낮아서 불편해

애인: 그게 낮아?

만춘: 너무 낮아. 허리 굽히면서 해야 해

애인: (밀대 길이 조정 버튼을 눌러준다)

만춘: (충격)

그는 함께 사는 동안 내게, 집에서 미리 배우고 왔으면 좋았
을 생활 상식을 가르쳐 주었다. 자취 경력도 오래되었지만 집안
일에 타고난 재능과 열정을 가진 그는 이 시대의 도비, 현부의
환생이었다. 어쩌면 나 몰래 호롱불을 켜두고, 매화 자수를 뜨고
있었을지도 모른다. 차돌된장찌개와 오믈렛을 기가 막히게 만들
줄 알았고, 티셔츠를 매장에서 본 것처럼 정면으로 접었다. 떨어
진 내 셔츠 단추를 예쁘게 달아주었고, 그가 핸드드립 커피를 내
리면 거품이 뽀얗게 올라왔다. 오일장이 열릴 때면 오토바이를
타고 장을 보러 가서, 마트보다 싸고 손질이 덜 된 식재료들을
사와 척척 손질했다. 집은 반짝거렸다. 그렇다고 그가 혼자 집안
일을 한 것은 아니어서, 나는 마스터를 곁에서 모시며 도제식으
로 집안일을 배웠다. 1년 후에는 나도 내 나름의 잘하는 집안일
과 좋아하는 일을 파악하게 되었다.

애인: 제자야. 오늘 너의 특제 해산물 스파게티가 먹고 싶구나.

만춘: 예, 스승님.

나는 모차렐라 치즈가 꽉꽉 들어간 해산물 스파게티와 손질만 잘하면 그럴듯해 보이는 월남쌈을 만들게 되었다. 요리보다는 설거지와 빨래를 더 좋아한다는 것도, 의외로 정리벽이 있었다는 것도 알게 되었다.

게다가 그는 그림을 그리는 사람답게 다른 손재주도 좋았다. 못질과 드릴질도 잘했고 셀프 도배도, 페인트칠도 훌륭했다. 한 번은 기타를 세워둘 곳이 없다고 했더니, 집에 뒹구는 택배 박스를 자르고 붙여 그럴듯한 기타 거치대를 만들어 주기도 했다. 집 안일을 이토록 완벽하게 하는 애인이라니. '밥 잘 사주는 누나'가 아니라 '밥 잘 해주는 오빠'가 등장했다니. 밥상을 차리면 자기 숟가락 젓가락을 놓기도 싫어하는 아빠를 보고 자란 내게, 밥 잘 해주는 오빠의 등장은 새로웠다. 결혼만 하면 온갖 집안 살림을 다 떠안아야 하는 것도 옛말이라지만, 아직도 집안일을 '돕는다'라고 생각하는 남자들이 많은 세상이지 않은가. 그의 도비력은 새삼 그를 괜찮은 동거인으로 보게 만들었다. 차돌된장찌개 한 숟가락에 만점, 오믈렛 한 입에 다시 만점, 색깔별로 널린 빨래에 또 만점. 아, 다시 어머니, 어머니….

집안일을 잘하는 게 좋은 동거인이 갖춰야 할 모든 것이었다면, 나는 아마 아직도 그와 복닥거리며 살고 있었으리라. 그랬다면 소위 신부 수업이라는 걸 제대로 마스터 한 여자와 결혼한 남자는 모두 행복했겠지. '잘생긴 남자와는 3개월, 마음이 잘생긴 남자와는 3년, 요리 잘하는 남자와는 30년'이라는 옛 막말(?)이 무색하게 그의 능력에 대한 감탄은 오래가지 않았다.

사람마다 연애를 시작하기 위한 첫 번째 허들이 있듯이(잘생겨야만 연애 감정이 생긴다든가, 말이 통해야만 키스할 마음이 든다든가) 연애를 끝내게 하는 보텀 라인도 있다. 당시 내게 그건 정서적인 지지였던 것 같다. 그는 자주 자존감을 깎는 말로 나를 상처 주었고, 나중엔 그걸 기억하지 못했다.

"너 같은 애는 글 쓸 자격이 없어.", "여자가 몸매가 그게 뭐냐. 아줌마처럼.", "너만 상처 많은 것처럼 착각하지 마." 나는 아직도 그 말들을 기억한다. 나의 자존감이 볼리비아 라파스 언저리(라파스는 세계에서 가장 높은 행정 수도다)에 있는 것을 생각해 보면, 아직도 내가 그 말을 기억한다는 건 이례적인 일이다. 나와 가장 가까운 사람의 무시는 내가 애써 쌓아 놓은 자존감을 퍽퍽 무너뜨렸다.

그와의 만남은 집안일을 잘한다고 해서 페미니스트가 되는 건 아니라는 뻔한 상식을 확인하는 계기이기도 했다. 가끔 외모로 여자를 등급화, 희화화하는 그의 농담에 함께 웃었던 생각이

날 때면 이불킥을 한다. 그건 우리 엄마의 오해와 비슷한 걸까. 손에 물 한 방울 묻히지 않게 키웠다고 해서, 피아노 선생님을 붙였다고 해서, '집안일 안 하는 사모님'이 될 수 있는 건 아니라는 것. 한 끼의 밥을 짓고, 제가 먹은 것을 설거지하고, 내 한 몸 누일 곳을 닦는 건 인간이라면 마땅히 해야 하는 일이다. 그게 빌 게이츠든, 고시원에 사는 백수든 말이다. 그걸 남들보다 특별하게 잘하는 것 역시, '적성'의 문제이지 '태도'의 문제는 아니다.

여전히 나는 집안일에는 영 소질이 없다. 그렇다고 제 밥그릇 하나 못 챙기는 수준은 아니다. 계절이 지나면 이불 빨래를 하고, 때마다 가스레인지를 청소한다. 드릴질로 벽에 선반을 달고, 공기 청정기 필터를 간다. 아주 가끔 피아노도 친다. 빈 강당에 있는 피아노를 보거나, 공원에서 누구라도 칠 수 있게 마련해 둔 피아노를 보면 한 번쯤 앉아 본다. 허리를 꼿꼿하게 세우고, 우아하게 손가락을 내려놓고, 우습게도 선생님이 한 달 동안 치게 했던 그 곡을 친다. 삼십 대에는 아무도 30센티 자를 들고 내 손가락과 허리를 툭툭 치지 않는다. 나는 알아서 허리를 쭉 펴고 천천히 손가락을 내려놓는 방법을 익혀야 한다. 그런 자세를 익히면 마흔에는 좀 나아지지 않을까. 중요한 건 자세야. 지금은 자세를 익히는 거야.

내가 다시 동거를 하면
성을 갈지

~~~

거실 책장 앞에 서서 책을 한 권씩 뽑아 바닥에 내려놓았다. 발치에는 이미 책이 한 무더기였다. 애인의 책은 왼쪽에, 내 책은 오른쪽에. 고작 1년을 같이 산 것일 뿐인데도 이 책이 내 책인지 그의 책인지 헷갈릴 때가 많았다. 그럴 때면 건넌방에서 짐을 싸는 그에게 큰 소리로 물었다.

만춘: 산도르 마라이 《열정》이 너 책이던가?
애인: 그거 내가 너 선물로 준 거잖아
만춘: 아, 맞다.

《열정》은 오른쪽에 두었다. 아직 분류해야 할 책이 많았다. 어떤 책들은 함께 산 탓에 내 것 네 것을 가리기 쉽지 않았고, 또 어떤 책들은 우리의 동거를 축하하는 친구에게 선물 받은 것이라 어떻게 처분해야 할지 몰랐다. 심지어 우리 싸움의 시작이 되었던 김애란의 《비행운》 두 권 중 어떤 것이 그의 것이고, 어떤 것이 내 것이었는지 헷갈렸다. 다시 큰 소리로 그에게 물어보려다가 《비행운》이 우리 이별의 복선이었다고 생각할 것 같아 그만두었다. '거봐. 내가 뭐랬어. 넌 나와 헤어질 생각을 미리 하고 있었다고' 커다란 거실 창으로 구름이 느릿느릿 지나가는 가을이었다. 같이 산지 1년 만에 헤어지는 중이었다. 각자의 짐을 꾸려 각자가 얻은 새집으로 이사 가는 날이었다.

왜 헤어지게 되었느냐는 질문을 들으면 나는 아직도 어정쩡한 자세로 시선을 떨어뜨린다. 내가 그의 절친한 친구를 싫어해서? 그가 내 자존감을 깎아내려서? 어느 날 문득 우리가 더 이상은 서로를 사랑하지 않는다는 걸 깨달아서? 오래된 애인이 헤어지는 이유에 대해 설명하는 건 언제 사랑에 빠졌냐는 질문만큼이나 헛바퀴를 돌리는 일이다. 그는 1년 전부터 그였고, 나도 그를 만나기 전이나 지금이나 나였으므로 우리가 변해서 헤어지게 되었다는 변명은 구차하다. 아마 우리 사이의 미세한 틈을 메

꾸던 감정의 아교가 시간에 빛바래 떨어졌기 때문인 것 같다.

헤어지기로 한 뒤에는 1박 2일로 이별 여행도 다녀왔다. 그래도 1년이나 함께 살았는데, 원나잇을 끝낸 타인들처럼 도망치듯 헤어지기 싫었다. 이별을 합의하고 나니 싸울 일도 없었다. 싸움도 애정이 있어야 하니까. 이별 여행을 하면서, 함께 산 가구를 나누면서 나는 마음을 차근차근 정리했다. 반면 그는 여행 내내, 이삿짐을 싸는 내내 툴툴거렸다. 지나고 보니 그는 우리가 진짜 헤어진다고 생각하지 않은 듯했다. 둘 다 고집과 자존심이 세서 크게 싸우는 과정이라고 생각했던 것 같다.

동거를 정리하는 과정은 길고 지난하다. 부동산에 집을 내놓고, 한 주가 멀다 하고 집을 보러 오는 사람들을 맞는다. 집 곳곳을 사진 찍어 피터팬에 올린다. 혼자 살 집을 계속 알아본다. 가끔 그에게 어울리는 집을 찾으면 링크를 공유해 주기도 했다. 헤어지는 애인이라기보다는 계약 기간이 만료된 하우스메이트 같았다. 계약서를 함께 꼼꼼히 봤고, 서로가 이사 갈 집을 둘러봐 주기도 했다. 집을 정리하는 것도 일이었다. 선반들을 떼고 못 자국이 있는 곳에 셀프 도배를 한다. 이삿짐센터를 알아보고 내 가구가 얼마큼인지 헤아린다. 그의 가구(퀸 사이즈 침대, 책상, 선반, 행거 등)와 나의 가구(싱글 침대, 식탁, 수납장 등)를 나눈다. 함께 산 가구는 필요한 사람이 가져가기로 한다.

만춘: 냉장고는 어떻게 할까?
애인: 내가 갈 집은 너무 작아서 양문형 안 들어가. 너 가져.
만춘: 그럼 소파는 네가 가져갈래?
애인: 그래. 세탁기는 너가 가져가. 난 빌트인이더라.

가구를 나누다 보니 어린 시절 언니와 함께하던 인형 놀이 생각이 났다. 우리는 주로 종이 인형을 가지고 놀았는데, 인형 놀이를 즐기기보다는 가구와 소품을 나눠 가지는 데 골몰하곤 했다. 종이의 구석에 그려진 찻잔이나 물병, 화장품 같은 소품이 탐이 났다. 가위바위보에서 이긴 사람이 소품을 하나씩 가져갔다. 내가 갖고 싶던 자전거나 꽃다발 모양의 종이를 언니가 먼저 가져가면 얼마나 속상했던지. 지금 애인과 내가 물건을 나누는 게 딱 그 꼴이었다. 이건 현실판 가구 따먹기였다. 소파는 네가 가져가고, 행거는 내가 가져가고. 의자는 어떻게 할래. 화분은 네가 키우던 거니까. 생필품은 다 네가 가져가라. 헤어팩은 어차피 안 쓰니까 됐어. 그런 대화를 하며 담담하게 짐을 쌌다. 뽁뽁

이로 그릇을 포장하고, 책을 나눴다. 누가 보면 새로운 아파트로 이사를 가는 신혼부부인 줄 착각할만큼 평온한 풍경이었다.

이사 당일 새벽부터 이삿짐센터 사람들이 집으로 찾아왔다. 한 집에서 두 집으로 살림이 나뉜다는 이야기를 들은 사장님이 어쩌다 그렇게 되는 거냐고 물었다. 대충 친구라고 둘러댈까 하다가 솔직하게 말했다. 커플인데 헤어져서 각자 다른 집을 구해서 나간다고.

"잘 어울리는데 왜 헤어졌대." 그 말을 끝으로 사장님은 더 묻지 않았다. 내가 먼저 서울의 번화가에 방을 구했고, 그가 이어서 한 정거장 거리에 원룸을 얻었다. 굳이 나와 같은 동네에 방을 구한 것이 불편했지만, 헤어진 애인의 주거지까지 이래라저래라 할 수는 없는 노릇이었다. 이삿짐센터 사람들은 그의 집에 먼저 가구를 내려놓고 곧 우리 집에 남은 가구를 옮겨주었다. 파주의 커다란 집에 있던 가구들이 어색하게 집 곳곳에 들어섰다. 분주하던 이삿짐센터 직원들이 쑤욱 빠져나가고 나자, 낯선 적막이 남았다. 가구들은 학기 중에 온 전학생처럼 멀뚱하게 어울리지 않는 곳에 서 있었다. 이제 이 집은 나 혼자 사는 내 집이었다.

그날 밤은 혼자 서늘한 침대에 누웠다. 막 겨울이 찾아오려는 참이라 살짝 한기가 돌았다. 그래서 슬펐던가. 별로 그렇지 않았던 것 같다. 설핏한 외로움이 조금 좋았던 것도 같다. 역시, 난 혼자 사는 게 어울리지. 그런 되지도 않는 생각도 했다(그 후에도 세 번이나 동거를 더 시작했으니). 막 독립한 대학생처럼 홀가분하기도 했다.

가끔 그런 생각을 한다. 혼인 신고를 했더라면, 매번 뻔하면서 또 매번 감동적인 결혼식을 나도 올렸더라면, 양가 친척 앞에서 반지를 주고받았더라면 달라졌을까? 서로에 대한 사랑이 오래 쓴 무릎의 연골처럼 닳아 삐거덕거릴 때에도 그 자리에 연민과 정, 증오를 채워 넣으며 함께 살았을까? 달리 헤어질 이유가 없다는 이유로 습관처럼 몸을 붙이며 자다 보면, 어른들 말대로 또 다른 느낌의 사랑이 생겨났을까?

어쩌면 그랬을 수도 있을 것 같다. 세월이 무기가 되고 빚이 되어 그와 나를 더 단단하게 묶었을 수도 있었겠지. 그 삶도 그럭저럭 행복했을 수도 있다. 그러나 그랬다면 그다음 애인을, 지금 애인을 만나지 못했을 것 같다. 지금 애인은 분명하게 그때의 그보다 나와 '동거인'으로서 더 잘 맞는 파트너다. 어느 사랑이 더 나았다고 말하기는 어렵겠지만, 동거인으로서 누가 더 나와 잘 맞았는지는 확실하게 말할 수 있다. 나의 첫 번째 애인은,

애인으로서는 몰라도 동거인으로서는 나와 궁합이 잘 맞지 않았다. 그런 걸 생각하면 내가 첫 시도로서 '결혼'이 아닌 '동거'를 선택한 것에 다시 한번 안도한다. 결혼한다고 해서 헤어질 수 없는 것은 아니지만, 수많은 사람들 설득시키느라 진이 다 빠졌을 것이다. 나의 부모, 그의 부모, 내 삶에 훈수를 두고 싶어 하는 수많은 '인생 선배'들. 그러다 지치고 지쳐 그냥 그의 옆자리에 다시 누웠을 수도 있다.

내가 다시 동거를 하면 성을 갈지.

연애에서 동거까지. 칫솔 싸움부터 부동산 계약서, 가구 따먹기까지. 완전히 지친 나는 다시는 동거하지 않으리라 결심했다. 새로운 연애도 하고 싶지 않았다. 그러나 성을 갈아야 할 일은 금방 생겼다.

같이 사는 건 둘이어도,
스물이어도 힘든 거야

~~~

첫 번째 애인과 헤어졌다. 회사까지 그만두고 24시간을 함께 지냈던 이가 없어지자, 텅 빈 황량함 속에 봄기운이 싹텄다. 오랜 연애 끝에 동거, 지난한 싸움 끝에 이별 여행까지. 해볼 건 다 해본지라 미련이 있을 리가. 사랑의 낭만 같은 건 차곡차곡 개어 다시는 꺼내지 않을 것 같은 침대 밑 서랍에 욱여넣었다. 연애의 끝. 그가 아무리 기타를 치며 나의 나타샤와 흰 당나귀 따위를 읊어댄다고 해도, 나는 최승자 언니와 함께 오늘의 닭고기를 씹으러 나갔을 것이다. 한 번의 연애가 끝날 때마다 나는 아주 조금씩 다른 사람이 되었는데, 노래로 감정을 고백하는 사람을 만난 덕에 나는 사랑의 세레나데를 들으며 방귀를 뀔 수 있는 사람이 되었다. 노래를 기가 막히게 잘하는 로미오가 우리 집 창문 밑에서 노래를 부른다고 해도, 관객을 불러 모아 티켓값을 챙기면 챙겼지 감동을 챙기진 않게 되었다는 말. 그러니 그와 헤어지고 혼자 지낼 새집을 구하는 일이 얼마나 설레었을지 상상해 보라. 새 출발. 새 보금자리. (그리고 아마도 새 애인!)

아파트 이삿날을 잡아 놓고 틈만 나면 부동산 사이트를 들락거렸다. 새로 밀려올 삶이 대한 기대가 컸다. 오픈 마인드로 집을 둘러보았다. 룸메이트? 좋지. 하우스메이트? 나쁘지 않군. 게스트하우스 스태프? 살만하려나? 때로는 이런 글도 있었다. "삼십 대 여자입니다. 방 네 개 아파트에 혼자 살고 있어요. 아파트를 함께 쓰실 분을 찾습니다.", "일산입니다. 몸이 조금 불편한 분을 도와드리는 조건으로 방 하나를 쓸 수 있도록 드립니다."

좀 특이한 제안이어도 조건이 좋으면 전화를 걸었다. 삼십 대 중반의 여자는 토킹 바를 운영하고 있다고 했다. 여자는 내 나이를 묻고, 일주일에 1~2회 정도만 바에서 일해준다면 월세는 내지 않아도 된다고 했다. 토킹 바라니. '왕년에'와 '한때는'을 추임새로 스러져가는 젊음을 아등바등 붙잡으려는 아저씨들의 이야기를 들어줘야 하는 건가. 그런 걸 내가 할 수 있을 리가. 일산에서 몸이 불편한 시인의 거동을 돕는 조건을 내걸었던 사람은 당장 나를 만나고 싶어 했다. 내일 당장 돌봐줄 사람이 필요한데 하루만이라도 도와줄 수 없냐고 했다. 가격이 싼 요양사를 찾는 기분이랄까. 게다가 지금 출동하라고요?

캐나다에서 선생님, 룸메이트와 함께 살았던 기억을 떠올리며 셰어하우스를 찾아보기도 했다. 그때는 서울 곳곳에 다양한 형태의 셰어하우스들이 생기는 중이었다. 홍대, 강남, 종로 등에 프랜차이즈도 많았다. 셰어하우스의 장점은 널찍하고 쾌적한 주방과 거실을 가질 수 있다는 것. 비록 그것이 내 것만은 아니라도 말이다. 나름대로 감성 좋은 인테리어를 갖춘 것도 좋았다. 여성 전용도 있었고, 외국인들과 함께 어울릴 수 있다는 걸 특장점으로 꼽는 곳도 있었다. 〈남자 셋 여자 셋〉을 보며 자란 세대에게는 다 셰어하우스에 대한 로망이 있는 법. 나는 그중 두어 곳의 셰어하우스를 골라 투어를 신청했다.

연희동에 있던 셰어하우스는 주인의 취향인지 널찍한 정원에, 층고가 높은 복층 구조의 거실, 주방을 가지고 있었다. 방은 독립적으로 떨어져 있었고, 작지만 복층에 호텔방을 연상시키는 완벽한 침구까지 갖추어져 있었다. 아무 가구도 없이 몸만 들어와 살기에 좋단다. 거긴 특이하게도 보증금이 무려 1억이었다. 기껏해야 한 달 치의 보증금만 요구하는 다른 셰어하우스와 달랐다. 인테리어는 마음에 들었지만 '예술하시는 분'이니 월세를 깎아주겠다는 주인장의 말에 확실히 마음을 굳혔다. 여기는 아니로구나. 먼저 말을 꺼내지도 않았는데 '학생이니까', '동향이니까', '오늘 개시니까', '기분이 좋아서' 따위의 말로 할인을 해주겠다는 장사치 중에 정직한 사람 못 봤다(그러니 동대문 가는 학생들이여 '학생 할인' 따위의 말을 믿지 말자). 게다가 나를 예술가로 '퉁'치는 화술은 또 무엇인가. 화투 패 좀 돌려보신 건가.

다른 셰어하우스는 서울에만 여덟 개가 넘는 프랜차이즈를 가진 곳이었다. 일주일에 한 번 청소하시는 분이 온다고 했다. 인테리어도 깔끔했고 방이 좀 좁은 것 외에 집은 쾌적해 보였다. 문제는 가격! 혼자 방 하나를 쓰려면 60만 원을, 2인실을 쓰려면 40만 원을, 4인실을 쓰려면 30만 원을 내면 된다고 했다. 관리비도 추가되었고 전기세와 수도세는 엔빵이란다. 그 가격이면 차라리 오피스텔을 구하는 게 낫지 않나 싶었다. 냉장고 안에 있는 반찬에 누군가의 이름이 적혀 있는 걸 보며, 어쩐지 이곳에서의 삶이 생각보다 낭만적이지 않을 것 같다는 예감이 밀려왔다.

"셰어하우스 사람들이 다 시트콤에 나오는 것처럼 낭만적으로 잘 지낼 것 같지? 나는 안 그래. 우리 거의 눈인사만 하는 둥 마는 둥 해. 누가 주방에서 정리 제대로 안 해도 누군지 모를 때도 많고. 내가 다 하기는 싫고. 다른 셰어하우스는 어떨지 몰라도 나는 사람들하고 알콩달콩 파티하며 지내지는 않아." 셰어하우스에서 1년 지낸 친구의 조언을 새기며 셰어하우스 입주에 대한 마음은 접었다. 안 그래도 사람으로 부대끼는 서울, 내 방에서까지 누군가의 숨소리를 들을 필요는 없지 않은가. 이태원에서 게스트하우스를 운영하는 친구의 조언도 뼈가 있었다. "같이 사는 건 둘이어도, 스물이어도 힘든 거야. 마음에 안 드는 사람은 당연히 있는 거고."

결국 혼자 집을 구하기로 마음먹은 후부터는, 동네 친구들의 도움을 받으며 부동산을 샅샅이 뒤지고 다녔다. 그렇게 구한 방을 계약하러 부동산에 가던 날, 도장을 찍던 순간이 잊히지 않는다. 언젠가 "어른이 되었다고 느끼는 순간은?"이라는 질문을 받은 적이 있었는데, 나는 혼자 부동산에 가서 도장을 찍던 이 순간이 떠올랐다. 자취방을 구할 때는 부모님과 함께, 사택을 계약할 때는 회사 부동산 담당자와 함께, 애인과 같이 살 집을 구할 때는 그와 함께였지만, 그때의 나는 완전히 혼자였다. 혼자 설 수 있다는 생각이 들자, 이젠 정말 누군가와 둘이 설 수도 있을 것 같았다. 누가 누군가에게 기대는 모습이 아닌 채, 손을 잡은 채로 각자의 자리에서.

주변 사람들에게는 아무렇지 않은 척했지만 혼자 부동산 계약을 하는 일은 두려웠다. 뉴스에서 본 온갖 사기들이 떠올랐다. 이중 계약이었다거나, 건물에 부채가 너무 많았다거나, 경매로 나온 매물인데 세입자가 나가지 않는다거나. 덕분에 부동산 공부를 실컷 했다. 집을 보러 다니는 취미도 생겼다. 새로운 동네에 가면 부동산 앞을 그냥 지나치지 않고 매물 정보를 한참이나 들여다보았다. 요새는 꿈이 생겼다. 마흔 전에 내 명의의 집을 가지고 싶다는 꿈.

애인과 헤어지고 집을 구하면서도 설렐 수 있었던 이유는, 내게 그만한 보증금이 있었기 때문 아니었을까. 만약 그만한 목돈마저 없었다면 이별 후의 삶이 더 막막했을 것 같다. 역시, 안정감이란 결혼이 아니라 목돈에서 오는 것. 우리나라에서 결혼 안한 여자는 보호받아야 할 애완(반려가 아니다), 혹은 사회의 의무를 져버리고 이기적으로 사는 악녀 취급을 받지만 그러거나 말거나. 안정을 미끼로, 불안을 조정하며 결혼을 권유하는 건 너무 7080 인기 가요식 아닌가. 좀 더 참신한 협박과 그럴듯한 설득을 기다리며 오늘도 나는 동거하며 살겠다. 불안하면 클래식 음악을 듣고, 우울하면 뜨끈한 초코우유를 마시면서 내 집 마련에 골몰해 보고 싶다.

두 번째 괄호

기혼 ( ), 미혼 ( ),
어째서 다른 빈칸은 없죠?

다시 동거를 하면
성을 간다더니

~~~

첫사랑.

첫 연애는 열네 살 때였다. 당시에 나는 다섯 명의 아이들과 몰려다녔는데, 나 빼고 모두 남자친구가 있었다. 와중에 학원 남자애가 화이트데이 사탕 바구니를 주며 쭈뼛거리길래, 옳다구나 사귀자고 했다. 나만 남자친구가 없는 게 좀 쪽팔렸기 때문이다. 그는 내 머리 위로 머리가 하나 더 있을 만큼 키도 훌쩍 컸다. 얼굴도 뽀얀 것이 친구들 보기에 부끄럽지 않을 것 같았다. 그렇다. 중학생은 그런 이유로도 연애를 시작하는 법이다. 그 뽀얀 남자친구와는 투투가 좀 넘어서 헤어졌다. 그래도 그 사이에 키스는 열심히 했다. 감히 몸을 더듬을 생각은 못 하고 고개만 쭉 내밀어 열심히 쪽쪽거렸다. 그게 내 첫 키스였다. 물론 첫사랑은 아니었지만.

그 후로 몇몇의 입술을 더 탐하고 나서야 첫사랑을 만났다. 누군지 밝히면 자기가 내 첫사랑인 줄 착각하는 수많은(?) 남자들이 봉기할 테니 묻어두도록 하자. 착각 없이 이 험한 세상을 버티기엔 남자들은 너무 연약하다(그대가 내 첫사랑이다). 어쨌든 첫사랑이 좋긴 좋았는데, 사실 절대 못 잊을 최고의 사랑은 아니었다. 내게 '첫'은 1이라는 숫자에 불과했다. 절절하지도 않았고, 세상 비극적이지도 않았다. 이 글을 읽는 당신의 첫사랑과 비슷할 것이다.

오히려 '첫'에 의미를 부여하는 건 남자들인 것 같다. 대학에 입학하자마자 내게 데이트 신청을 했던 그도 내가 '첫'사랑이라 했다(어쩌면 오든 여자에게 첫사랑이라 했는지도 모를 일). 그는 특히 '첫'에 꽂혔다. 대학 때 두어 달을 사귀고 헤어진 후로, 그는 1년에 한 번씩 잊을 만하면 내게 전화를 했다. 잘 지내는지. 자기는 어떻게 지냈는지. 그런 이야기들을 두서없이 주워섬기다 말미엔 꼭 연애는 하느냐고 묻곤 했다. 무심코 생각난 듯, 별일 아니라는 듯. 그러나 연애 예찬론자인 내가 연애 중이 아닌 때는 거

의 없었고, 그럼 그는 들을 말을 들었다는 것처럼 통화를 마무리
했다. 헤어진 애인과 연락을 이어가는 일이 거의 없는 나에게도,
그는 예외적인 사람이었다. 첫 번째 동거를 끝내고 혼자 살기 시
작하지 얼마 안 되었을 때, 그에게 전화가 왔다.

그: 잘 지내?
만춘: 오랜만이네.

그는 촬영 때문에 남원에 내려와 있다느니(당시에 제작사에 다
니고 있었다), 별이 많다느니, 그곳은 막걸리가 맛있다느니 하는
이야기를 했다. 연락을 자주 하지 않는 친구들이 으레 그렇듯 몇
줄로 요약되는 주요 안부를 전하고 나자 더 할 말이 없었다. 아
니나 다를까, 그가 가을바람처럼 은근히 물었다.

그: 요즘도 연애는 하고?
만춘: 아니, 요즘은 안 해.
그: 그래?

그다음 이야기는 뻔해서 재미가 없다. 우리는 서울에서 만났

고, 그는 여전히 '첫'사랑을 못 잊고 있노라 했고, 나도 마침 사람의 살이 그리웠고, 그러다 얼렁뚱땅 사귀게 되었다. 그렇다. 서른 살은 그런 이유로도 연애를 시작하는 법이다(아마 마흔에도 그러지 않을까). 다시 만나고 보니 그는 생각보다 괜찮은 사람이었다. 충청도 사람답게 진중하고 말이 없었다. 한나 아렌트와 버트런드 러셀을 좋아했고, 21세기 사람답지 않게 가방에 시집을 한 권씩 넣고 다녔다. 이렇게 괜찮은 애를 왜 두어 달만 만나고 말았을까 싶었다. 그가 쉬는 주말이면 집 근처 북 카페에 가서 책을 봤다. 저녁에는 (나 혼자 사는) 우리 집에서 된장찌개를 끓여 먹었다. 전 남자친구와는 다르게 그는 나처럼 요리를 끔찍하게 못 했다. 집에서 인스턴트 떡갈비 같은 걸 데워 먹으면서 그도 나도 금방 살이 올랐다. 오동통해진 볼을 비비며 빈둥거리는 게 좋았다. 어느 날부터인가. 그가 집에서 자고 가는 날이 늘었다. 고시원 좁은 방이 괴롭다고 했다.

만춘: 오늘도 자고 가?
애인 2: 그냥 갈까?
만춘: 아냐, 편한 대로 해.
애인 2: 그럼 조금만 더 있다가 갈게.

조금만 더 있다 간다던 그는 하루, 이틀씩 자고 가는 날이 늘었다. 내가 얻은 집은 거실이 하나에 방도 하나였다. 많이 낡았지만 방도 거실도 널찍했다. 두 사람이 지내기 불편하지 않았다. 그에 비해 그가 있는 고시원은 내 방의 절반보다 작다고 했다. 제대로 누우려면 의자를 빼서 책상 위에 거꾸로 엎어두어야만 발을 뻗을 수 있단다. 넓은 방이 그리울 때면 친구 집에서 하루 얹혀서 잔다는 그가 안쓰러웠다. 박민규의 《갑을고시원》이 생각났다. 그가 사는 고시원도 박민규 소설처럼 관 정도의 크기일까. 아니, 대체 방이 얼마나 좁기에 그러나. 그냥 들어와서 살라고 할까. 아니야. 동거하는 게 얼마나 큰일인지 배웠잖아. 동거는 노! 절대 노!

애인이 힘든 걸 보기 싫은 마음과 혼자의 삶을 지키고 싶은 마음이 서로를 향해 으르렁거렸다. 그의 코골이에 잠 못 이룰 때면 내 안의 독립 세포가 현수막을 들고 뛰어다녔다. 역시 혼자 사는 게 최고! 해가 떠도 혼자! 해가 져도 혼자! 혼자가 최고야! 반쪽짜리 창 때문에 볕이 제대로 들지 않는 고시원 이야기를 들을 때면 사랑 세포가 줄을 당겼다. 아니야~아니야~ 사랑이 최고야!

인류가 차가운 이성의 끈을 놓지 않고 살았다면, 세상은 좀 더 재미없는 곳이 되었을까? 다행히도(?) 나는 실수와 반성 끝에 다시금 실수를 하는 타입인지라, 사는 게 늘 재밌었다. 동거를 다시 하면 성을 갈겠다고 다짐한 지 반년이 지나, 다른 사람과 또 같이 살게 되었다.

계기는 그의 이직에 있었다. 방송 일을 그만둔 그는 다시 두 곳의 회사에 합격했다. 하나는 내 집과 정반대편으로 한 시간 정도 거리에 있었고, 다른 하나는 내 집에서 걸어서 15분이면 닿을 만큼 가까운 거리에 있었다. 내 집과 거리가 먼 회사는 급여가 좀 더 높았지만 일이 고되기로 소문난 곳이었고, 집 옆에 있는 회사는 급여가 낮은 대신 정시 퇴근이 보장되어 있었다. 그 회사 면접을 보던 날, 그는 면접 전에 우리 집에 찾아와 배낭을 맡기고 갔다. 지금에서야 말하지만 사실 나는 그가 내 집과 먼 회사로 가길 빌었다. 하지만 삶이 그렇게 풀린다면 역시 재미가 없겠지. 합격 발표를 들은 날, 당연한 것처럼 그는 내 집과 가까운 곳을 선택했다.

정신을 차리고 보니 그가 캐리어 하나에 배낭 하나를 매고 우리 집 계단을 오르고 있었다. 서울에서 10년을 넘게 산 사람의 짐 치고는 참 단출했다. 저 가방에는 또 무슨 책이 들어있을까 궁금했다. 그가 내 책장에 그 책을 꽂아 넣을지도.

그렇게 두 번째 동거가 시작되었다.

우리 사이가 좋은 건
내 통장 네 통장이 따로 있어서야

～～～

나는 상인의 딸로 자랐다. 부모님은 경기도 변두리에서 장사를 했다. 지금은 아파트가 밀집한 베드타운이라고 하지만, 원래부터 거기 살던 사람들에겐 한 집 건너 사정쯤이야 훤히 아는 작은 동네일뿐이었다. 부모님은 장사 수완이 없는 이들인데도 어찌어찌 20년이 넘게 한자리를 지켰다. 목을 잘 잡아서였을까. 가게는 마을에서 가장 사람이 몰리는 버스정류장 앞에 있었다. 덕분에 나는 사람 많은 거리를 뛰어다니며 자랐다. 가게 앞거리에서 이불 가게 아들과 인디언 놀이를 했고, 약국 딸과 장난감 차를 두고 싸웠다. 빵집에 가서 유행하던 감기약 광고 "감기 조심하세요~"를 외치면 곰보빵을 얻을 수 있었다. 엄마, 아빠는 딸을 가게 앞거리에 자주 풀어두었고 나는 차와 자전거와 사람이 뒤섞인 거리를 뛰어다녔다. 간간이 가게 창 너머로 내가 무사한지 확인하던 엄마의 얼굴이 기억난다. 그때의 감각은 뼈에 남았다. 장사하는 집의 딸로 자란 감각. 손님을 맞이하고, 보내고, 팔 물건을 준비하는 일을 몇천 번 반복하는 일. 적당히 웃는 낯을 보여야 하는 일. 때로는 드세져야 하는 일. 문을 닫기 전에 그날 번 돈을 세어보고, 나가야 할 돈을 따로 떼어 놓는 일. 그렇지만 대개 창 너머로 보이는 똑같은 풍경을 바라보며 멍하니 앉아있어야 하는 일. 그런 일의 리듬을 먹고 자라면 돈이 돈으로 보인다. 덥석덥석 주식 투자를 크게도 하는 사람의 눈에 보이는 돈도 아니고, 통장에 찍히는 숫자로 월급을 확인하는 회사원의 돈도 아니다. 낭만도 신성도 없는 돈은 오히려 밥에 가까웠다.

애인과 함께 살다 보면 자연스럽게 '돈'에 대해 이야기하게 된다. 연애할 때도 데이트 비용을 어떻게 쓸지 암묵적인 합의가 있기 마련인데, 같이 살 때야 오죽할까. 애인의 타이틀을 함께 지고 있을 때는 돈 이야기는 슬쩍 덮거나 뭉개고 갈 수 있을지 모른다. 누군가 데이트 비용을 좀 더 많이 낸다고 하더라도 '사랑하니까', '내가 돈을 좀 더 버니까'라며 잊어버릴지도(혹은 그러려고 노력할지도) 모른다. 그렇지만 관계가 생활의 영역으로 들어온다면 돈 이야기를 안 할 수 없다. 디즈니 영화를 보고, 장미꽃을 한 송이 선물하는 일과, 월세를 내고 변기 클리너를 사는 일 사이의 거리는 의외로 멀다.

애인 2와 함께 살기 시작한 지 한 달. 카드 명세서를 받아보고 깜짝 놀랐다. 지난달에 비교해 거의 두 배에 달하는 돈을 썼다. 사람이 난 자리는 몰라도 든 자리는 안다고 한 게 이런 것 때문인가. 반찬이며 간식도 두 배로 사고, 외식도 잦아졌으니 당연한 일이었다. '이거 내가 완전 먹여 살리는 것 같은데?' 싶었다. 허나, 얼마간의 백수 기간을 지나 이제 막 취업한 그의 어려운 주머니 사정이야 뻔했다. 오죽했으면 고시원에 있었을까. 데이트 비용을 더 내는 건 '그까짓 거, 쩨쩨하게 생각하지 말자'라고 넘길 수 있었지만 생활비를 다 내자니 억울했다. 내가 그의 엄마는 아니지 않은가(엄마라도 서른 넘은 아들의 생활비를 대주진 않을 것 같다). 첫 달 카드값에 피를 제대로 본 나는, 애인 2에게 생활비 공동 통장을 만들 것을 제안했다.

만춘: 통장 하나 같이 만들자. 나 허리 휘겠다.

애인 2: 생활비 때문에 그래야겠지? 내가 월세도 나눠 낼게.

만춘: 전월세라 월세는 많이 안 들어. 너 돈도 없고. 월세랑 공과금은 내가 낼 테니 생활비만 반반 해.

그는 못 이기는 척 나의 제안을 받아들였다. 통장 관리는 내가 하기로 했다. 한 달에 얼마로 정하지 않고, 일단 쓴 다음에 우리가 한 달에 얼마를 써야 생활에 불편함이 없는지 가늠해 보기로 했다. 공동 통장으로 우리는 휴지도 사고 떡갈비도 샀다. 가끔 외식도 함께 하고, 멀리 나갈 땐 그 돈으로 쏘카도 빌렸다. 공동 통장을 사용하면서부터는 돈 때문에 마음 불편할 일이 거의 없었다. 친구 부부처럼 누군가 몇십만 원짜리 게임기를 사겠다고 조르지도 않았고, 서로의 부모님에게 드릴 용돈의 차이로 투닥거릴 일도 없었다. 기껏해야 공동 통장의 돈으로 내가 좋아하는 멜론을 사거나, 그가 좋아하는 시집을 더 샀을 뿐.

결혼한 친구 중 하나는 내게 이런 충고를 했다. "결혼할 때 중요한 게 뭔지 알아? 경제관념이야. 돈을 바라보는 시선이 비슷해야 해." 결혼하고 살림을 합치면 통장 역시 합쳐야 하는 걸까?

결혼하고서도 각자의 통장을 지키는 커플을 꽤 보았다. 그래도 법적으로 결혼하면 서로의 자산을 공동으로 갖게 되는 걸 생각해 보면, 역시 결혼은 경제적인 제휴의 의미가 큰 것 같다. 그렇다면 결혼하기 전 경제관념이 맞는지 확인해 보는 일도 꽤 괜찮은 일이 되리라. 그렇지만 동거는? 내 통장, 네 통장 따로 할 것 없이 함께 살기 시작하면서부터 내 돈이 네 돈이고 네 돈이 내 돈이어야 하는 걸까?

친구인 여자 둘이 함께 사는 《여자 둘이 살고 있습니다》를 읽으면서, 나도 언젠가 저들처럼 대출을 껴서라도 내 집 마련을 하고 싶다는 꿈이 몽글몽글 생겼다. 누군가는 친구 둘이 사는 게 뭐 특별한 일이냐며 시큰둥할지 모르나, 내게 그 책의 감동 포인트는 이것에 있었다. '친구 둘이 함께 돈을 합쳐 아파트를 샀다.' 통장을 합치는 건 이제까지 혼인 계약서에 도장을 찍은 사람들끼리나 하는 것처럼 보이지 않았던가. 그 계약(?)이 영원하지 않으면 또 어떨까. 아직까지도 '그리하여 오래오래 행복하게 살았습니다'의 세계에 갇혀 사는 것도 아닌데 말이다.

검은 머리 파뿌리 될 때까지 함께 하리라는 약속을 하기 무섭게 헤어지기도 하고, 어쩌다 보니 함께 살게 되었는데 그대로 여든까지 곁에 있기도 한다. '영원히 함께 하자'는 약속은 너무나 낭만적이고, 그만큼 위험해 보인다. 나는 '영원히'와 '오래오래'의 아름다운 세계를 떠나 '지금은'과 '조금씩', '천천히'의 메마른 세계에 머무르고 싶다.

오래 함께 살다 보면 내게도 내 통장과 네 통장을 합쳐(게다가 은행 빚도 합쳐) 조금 더 먼 내일을 준비하고 싶은 마음이 찾아올지 모르겠다. 그러나 그런 때가 오기 전까지 나는 내 통장을 고수할 것 같다. 아낀 돈으로 애인의 생일에 서프라이즈 선물을 하고, 한 달 20만 원짜리 적금이 만기 되면 누군가의 허락을 받지 않고도, 부모님 태국 여행을 보내드리고 싶다.

내 돈, 내 돈을 구분하면 삭막하다고들 한다. "애인끼리 너무 계산적인 거 아냐?", "사랑하면 돈 같은 거 중요하지 않잖아." 시장의 골목에서 자란 내게 돈은 사랑과 낭만의 세계 반대편에 있는 천한 것이 아니다. 사랑과 낭만의 왕자, 공주가 성 안에서 안전하게 머무르기 위해 국경을 지키는 게 돈이다. 공주가 왕자에게 보내는 한 아름의 꽃다발이 돈이다. 내가 애인을 사랑한다면, 나는 그를 찬양하는 시를 짓기보다 그가 바라던 기타를 위해 공사판에 나가는 인부가 되겠다.

그는 내 생일날, 내가 갖고 싶어 하던 개량 한복을 선물해 주었다. 선물 박스를 뜯으며 느꼈던 가벼운 설렘이 기억난다. 만약 '내 돈이 네 돈, 네 돈이 내 돈'인 통장에서 상의도 없이 선물을 샀다면 어땠을까? 똑같이 설렜을까? 마음은 돈으로만 표현되는 건 아니다. 그렇지만 돈은 얼마나 좋은 표현 방식인가!

기혼( ), 미혼( ),
어째서 다른 빈칸은 없죠?

~~~~

"연애는 필수, 결혼은 선택. 가슴이 뛰는 대로 가면 돼."

집에서 유튜브로 김연자의 〈아모르파티〉 공연을 보며 노래를 따라 부른다. 쿵짝쿵짝. 연자 언니가 "연애는"이라고 부르면, 내가 "필수!"하고, "결혼은"이라 말하면 "선택!"이라 외친다. 설거지를 하기도, 청소를 하기도 좋은 트로트다. 가슴을 은근하게 만지지 않고, 대놓고 찌르는 가사! 막춤의 촉진제! 흥겨운 반주와 함께 "아모르파티~" 후렴구가 나오면 청소기를 봉 삼아 덩실덩실 막춤을 춘다. 사람들이 놀러 오면 보사노바를 트는 내가, 집에서 〈아모르파티〉나 〈내 나이가 어때서〉를 듣는 건 비밀. "야

이야야~ 내 나이가 어때서~"가 입에 착착 붙는 것도 아주 약간 비밀.

연애는 필수, 결혼은 선택이라는 가사가 내게는 동거 권고로 들린다면 이것도 병일까. 깔때기를 잘 대야 성공한다던데. 아, 그러고 보니 대놓고 동거 제안을 하는 오래된 노래도 생각이 난다. 쿨도 〈Jumpo Mambo〉에서 말하지 않았던가! "도대체 서로를 얼마나 만났다고 쉽게 결정할 수 있겠어. 같이 삽시다~. 살아 봅시다~. 과연 우리 서로 잘 맞는지 어떤지를 한번 겪어보면 어떨지~."

결혼하지 않고 함께 사는 게 무슨 대단한 망나니짓인 것처럼 뒷목을 잡는 유생들도 있겠지만, 그 뒷목을 살포시 받쳐드리며 귓가에 속삭이고 싶다. "선비님, 연애는 필쑤우. 결혼은 선태액."

전 국민이 평균 애호증에 걸린 것처럼 비슷한 삶의 양식을 갖추는 게 미덕으로 여겨지는 한국이지만, 예로부터 동거 커플은 꾸준히 있어왔다. 절개의 상징이라는 춘향이도 월매와 성 참판의 동거를 통해 세상에 나오지 않았나. 선녀 옷을 훔친 성추행범 나무꾼 역시 혼례를 올린 건지 미지수. 흔히 '사회의 모범'이 되어야 한다 압박받는 공직자들도 동거를 한다. 줄리아 길라드 호주 총리는 결혼 대신 동거를 택했다. 프랑스 전 대통령 프랑수아 올랑드는 세골렌 루아얄과 동거하며 네 명의 자녀를 두었다. 프랑수아 올랑드는 이후에도 법적인 미혼 상태를 유지하며 다른 사람과 동거를 시작했다.

사실 얼마나 많은 사람이 동거를 하느냐, 동거가 얼마나 전통적인 관계인가가 그렇게까지 중요한 포인트인 줄은 잘 모르겠다. 제 선택과 행동에 책임을 지고, 남에게 피해를 주지 않으면 되는 것 아닌가. 비슷한 일상을 영유하는 사람이 백 명인가, 십만 명인가보다 내가 내 삶을 잘 쥐고 가는 게 더 중요하지 않은가. 타인에게 피해를 주지 않는 한 나는 나 자신을 파괴할 권리가 있다고 이야기하는 사강도 있는데, 하물며 파괴가 아니라 동거면 얼마나 더 좋으랴!

그럼에도 불구하고 동거를 하는 사람들이 많아지면 명백하게 나아지는 점도 있다. 목소리를 키우는 건 여러모로 유리하다. 동반자법도 빨리 통과될 수 있지 않을까? 명칭은 국가마다 다르지만 동반자법을 시행하고 있는 곳은 프랑스, 멕시코, 칠레, 에콰도르, 일본 등 20여 개 나라다. 법이 사회의 구석까지 촘촘하게 손을 뻗어준다면 좋겠지만, 그럴 여건이 안 된다면 숫자를 늘려 우리가 여기 있다고, 우리를 봐달라고 소리치는 것도 방법이다. 동거 커플이 늘어나면, 그에 따른 제도적 안전망이 갖춰질 확률도 높아질 듯하다.

동반자법이 왜 필요한지에 대해 꼼꼼히 살펴볼 수는 없을 것 같다. 그런 건 전문가에게 맡겨두고, 나는 취재를 하러 나온 방송국 기자 앞에서 마이크를 잡은 시장 상인의 마음으로 현장의 목소리(?)를 전해보련다.

하나, 아이를 안 낳아서 걱정이라고요?

인구 절벽을 앞두고, 결혼도 출산도 안 하는 요즘 것들에 대한 정부의 걱정이 대단하다. 오죽하면 '가임기 여성 지도'까지 만들까. 그 지도 어디 즈음에 나의 자궁이 새겨져 있을 걸 생각하면 오싹 소름이 돋는다. 여름용 공포 영화가 따로 없다. 출산율을 높이기 위해 정부는 자녀당 양육비 지원을 늘린다. 세 번째 아이부터는 지원금도 대폭 높아진다. 신혼부부에게 각종 세금을 면제해 주는가 하면, 신혼부부용 보금자리 주택도 마련해 준다. 동거를 하는 커플에게는 당연하게도 이런 혜택이 없다. 퀴어 커플에게도 마찬가지다. 아무리 우리가 같이 산 지 5년이 넘었다고 해도, 한 통장을 쓴다고 해도, 국가에 신고를 하지 않는 이상 보금자리 주택 신청은 요원하다. 대출도 언감생심이다. 아이를 낳았다면? 말해 무엇하랴. 청년들이 결혼할 엄두를, 아이를 키울 생각을 못 하는 이유 중 하나는 경제적 안정이 이루어지지 않았기 때문이다. 보금자리 주택을 비롯해 각종 혜택들이 '결혼 후'가 아니라 '결혼 전', 혹은 '동거 커플'에게 확대된다면 다음을 생각할 기회는 넓어진다. 프랑스에서는 두 사람이 같은 집에 살고 있음을 증명한다면 법의 보호를 받을 수 있다. 자녀를 가질 수 있고, 정부의 지원도 결혼 과정과 거의 동일하게 받는다.

둘, 쪽방에서 고독사하는 사람을 위해 도시락 배달이라도 하시려고요?

이성애자 둘이 이삼십 대에 결혼하여 한 명의 아이를 낳은 가정. 이것만이 가족의 모습일 리는 없다. 영화 〈가족의 탄생〉은 5년 동안 연락이 끊겼던 남동생이 스무 살 연상 여자친구와 함께 누나 앞에 나타나면서 시작한다. 게다가 연상 여자친구는 딸까지 있다. 어쩌다 함께 살게 된 이들, 가족이라 볼 수 있을까? 고레에다 히로카즈 감독의 〈어느 가족〉 역시 서로 남남인 이들이 가족처럼 생활하는 모습을 보여준다. 영화 〈죽여주는 여자〉에서는 파고다 공원에서 노인들을 상대로 성매매를 하는, 일명 '박카스 할머니'가 코피노 소년과 함께 살아간다.

다양한 형태의 가족을 인정하면, 굳이 사회가 인정하는 가족의 테두리 안에 들어있지 않아도 서로를 가족으로 여기며 살아가는 사람들을 보호할 수 있다. 한 명이 수술할 때, 다른 한 명이 그의 수술 동의서에 서명을 해줄 수 있다. 한 명이 먼저 죽었을 때, 남은 사람을 위해 유산을 남길 수 있다. 독거노인이 그렇게 걱정된다면, 사랑의 도시락을 하사하는 대신 서로 돌봐주는 노인 가족을 인정해 주면 어떨까. 가족이 그렇게 만들고 싶다면야, 가족의 테두리 안에 들어가고 싶지 않은 사람들을 욱여넣는 대신 가족의 범위를 넓히는 게 현명한 방법이리라.

설문 조사에 응하다 보면, 건강 검진을 위해 체크 리스트를 채우다 보면, 객관식 빈칸 앞에서 펜을 돌리는 일이 생긴다. 다행인지 불행인지 성별란에서는 거침없이 '여자'를 클릭하고 넘어가지만(여자, 남자 외에도 얼마나 많은 성별이 있던가), 기혼과 미혼 사이에서 볼펜은 갈 곳을 잃는다. 명백히 기혼은 아니지만, 미혼이라기보다는 비혼이라고 봐야 할 것 같다. 만약 질문이 가족에 대해 묻는 것이라면 그것이 경제적인 합일도 함께 말하는 것인지, 한쪽의 결정만으로 관계를 파기할 수 있는 것인지 등에 따라 많은 가지치기가 가능하다.

사회가 원하는 상에 딱 들어맞는 삶을 살기란 의외로 어렵다. 누구나 어느 분야에서건 조금씩은 평균값을 벗어나기 마련이다. 한 번쯤은 빈칸과 빈칸 사이에서 펜대를 굴리며 망설이는 순간이 온다. 빈칸과 빈칸 사이에 억지로 자신을 욱여넣을 필요는 없다. 그 시간에 차라리 트로트를 틀고 막춤을 춰보자. 연자 언니의 말대로. "인생은 지금이야~ 아모르파티~ 빠밤밤빠밤밤!"

추석 선물 세트 팝니다,
임신, 출산, 결혼이 한 번에!

~~~

엄마: 정말 결혼 안 할 거야?

만춘: 응. 안 한다니까?

엄마: 왜?

만춘: 하면 좋은 점을 말해주면 고려해 볼게.

부모님과 나누는 이 대화가 몇 번째인가. 순서도 다르지 않다. 《고도를 기다리며》의 에스트라공과 디디처럼 우리는 같은 질문을 반복한다. 그래서 고도는 언제 오지? 그래서 결혼은 왜 안 할 건데? 이 같은 대화를 열두 번쯤 똑같이 하다 보면 사실 엄마가 말하고 싶은 게 다른 게 아닐까 의심이 들 정도다. 우리는 평생 같은 질문을 반복한다는 것, 인간은 다 시시포스라는 걸 경험으로 깨닫게 하려는 큰 그림일까?

우리의 대화는 여기서 더 나아가지 못한다. 하면 좋은 점에 대한 엄마의 대답이 늘 시원치 않기 때문이다. 결혼해서 뭐가 좋냐는 내 질문에 엄마는 주로 침묵한다. 내가 채근하면 "예쁜 아기가 생겨서 좋다"라고 대답한다. 널 좀 보라며. 날 보라니. 역시 엄마는 반어법을 통해 깨우침을 주려는 게 틀림없다. 하루에 다섯 시간 넘게 우는 아이, 제 마음에 안 들면 시장 바닥에도 대자로 누워버리는 아이, 고집 센 시어머니 같은 아이. 나야말로 내가 아이를 낳고 싶지 않은 첫 번째 이유인데 말이다.

민요 속 메기기와 받기 같은 대화를 이어가다 보면 두 가지 생각이 든다. 하나는 엄마는 결혼하지 않았으면 지금보다 더 넓은 세상에서 재미있게 살아갔을 거라는 것. 둘은 엄마에게는 결혼과 임신, 출산이 과대 포장된 추석 선물 세트처럼 하나로 묶여 있다는 거다. 1950년대에 태어난 엄마에게 그 외의 가능성을 상상하기란 쉽지 않았으리라. 엄마가 결혼한 1970년대엔 프랑스에서 팍스(PACS, 시민 간 결합을 보장하는 프랑스 가족 제도)를 맺은 커플을 볼 수도 없었을 테고, 게이 커플이 결혼식을 올렸단 뉴스를 들어본 적도 없었을 테니. 우리는 이 세계 안에서 겪은 만큼만 넓어질 수 있다. 그러고 보면 과연 엄마는 자신의 삶을 통해 내게 가르침을 주려는 게 확실하다! 나아가라! 경험해라! 끊임없이 질문을 던졌다는 소크라테스보다 한 수 위다.

엄마에게는 그 세 개가 한 세트일지 모르겠지만, 결혼과 임신, 출산은 저마다 다른 하나의 사건이다. 결혼을 했다고 임신을 꼭 해야 하는 게 아니고(설마 이것도 이유를 설명해야 하는 건 아니겠지) 임신을 했다고 출산과 결혼을 해야만 하는 것도 아니다. 결혼은 싫은데 아이만 가지고 싶을 수도 있지 않나. 임신은 했는데 키울 여력이 안 될 수도 있지 않은가(낙태법에 대해 말하기 시작하면 또 한나절을 보낼 것 같으니 잠시 입을 닫고).

미국 드라마 〈그레이스 앤 프랭키〉에서 결혼과 임신, 출산이 각기 다른 사건이라는 걸 보여주는 에피소드가 있다. 인생의 절반을 넘게 산, 그래서 노하우와 쿨한 태도를 장착한 할머니 둘이 같이 사는 이야기다. 그중 이런 에피소드가 있다. 프랭키 할머니의 아들 버드가 여자친구의 임신 소식을 전해 듣는다. 그로부터 몇 달 후, 버드는 많은 고민 끝에 여자친구에게 프러포즈를 한다. 프러포즈는 한국식(이미 예식장은 다 잡아두었지만, 결혼식을 앞두고 하는 재미난 이벤트)이 아니다. 버드는 여자친구가 "Yes"를 말할지 알지 못한다. 그들은 '아이 성별 알리기' 파티를 연다. 온 가족이 파티에 참석한다. 파티에서 둘의 결혼 소식을 들은 프랭키가 축하를 전한다. 이들에게는 결혼, 임신, 출산이 추석 선물 세트처럼 하나로 묶인 무엇이 아니다(추석 세트도 묶으면서 가격이 마법처럼 올라가지 않나. 하여간 뭐든 안 묶는 게 좋다).

이 드라마에서 나는 가족 구성원 전체가 이 임신 사건을 별개로 보는 것이 퍽 마음에 들었다. 프랭키 할머니가 대한민국에서 태어났다면, 아들 여자친구의 임신 소식을 들은 후엔, 가까운 시일 내에 친척들에게 인사 먼저 시켰을지도 모를 일이다. 엄마도 프랭키 할머니와 비슷한 배경에서 자랐더라면 내게 이런 설득을 시도했을지 모른다.

엄마: 결혼하면 좋은 점이 많아.
만춘: 뭔데?
엄마: 너 서울에서 월세 내기 힘들지?
만춘: 그럼. 너무 비싸지.
엄마: 신혼부부가 되면 가산점을 받아서 주택 청약 특별 공급

에 뽑힐 수 있어. 월세도 싸고 보증금도 낮아.

만춘: 오!

엄마: 남자친구가 갑자기 사고를 당해서 수술을 하게 될 수도 있잖아. 결혼을 안 하면 그때 사인을 네가 못 한다고.

만춘: 헉!

엄마: 유산은 또 어떻고. 혹시 네가 사고로 죽으면 네 남자친구가 아니라 내가 보험금의 첫 번째 수혜자라는 거 알고 있니?

만춘: 어머!

엄마: 애 가지는 거는 결혼하고 나서 고민해 봐도 되고!"

만춘: 그래?

뭐 이런 식이었다면 좀 더 낫지 않았을까. 오랜 이야기 끝에 우리가 새로운 접점을 찾았을 수도 있다. 부모님이 내게 결혼을 권하는 이유는 결국 내가 행복하길 바라는 것일 테니(본인들의 행복을 바라는 것이라는 생각이 들 때도 있지만) 우리의 목표는 같은 셈 아닌가. 사실 가상의 대화에서 내가 주섬주섬 늘어놓은 이유만으로 결혼할 것 같지는 않다.

임신을 하고 결혼을 하는 커플이 많아졌다. '아이는 혼수'라는 말이 농담으로 돈다. 비혼을 선택하는 사람도, 동거하는 사람도, 딩크족으로 사는 커플도 늘어났다. 다른 인식을 갖는 사람들이 급격히 많아져서는 아닌 것 같다. 원래 사람들은 다 달랐다. 그걸 하나의 규격에 맞추려고 했을 뿐. '결혼-임신-출산'이 한 세트가 아닌, 의무가 아닌 사회가 될 때서야, 국가가 그토록 걱정하던 인구 절벽 문제도 해결될지 모른다. 장사꾼이 입이 마르고 닳도록 강권하는 상품에는 눈이 안 간다. 내가 선택했다고 착각이나마 할 수 있는 물건을 샀을 때 만족감도 높다.

삼십 대 중반을 향해 가는 나이. 친구들은 밀린 숙제를 하듯 하나씩 결혼의 세계로 떠났다. 제 얼굴과 꼭 닮은 아이를 카톡 프로필 사진으로 하는 이들도 늘었다. 결혼하고 아이를 낳지 않는 커플도 많고, 우리처럼 동거만 하는 커플도 많다. 아직 아이만 낳고 혼인 신고를 안 한 커플은 거의 보지 못했다.

마흔이 넘으면 노산이라는 말에 나도 막연히 내 아이를 상상해 본다. 상상 속의 내 아이는 나만큼이나 고집이 세고, 날 닮아 이마가 넓다. 내가 그 아이를 직접 보고 싶은가. 그 질문을 던진 이래로 나는 한 번도 "Yes"라고 스스로에게 답해본 적이 없다. 아이를 좋아해 본 적도, 부모가 되고 싶었던 적도 없다. 똥개를 좋아해서 가방에 강아지 간식을 넣어 다니긴 하지만 한 번도 입

양을 생각해 본 적이 없는 이유와 같다. 나는 감히 어떤 생명체를 10년 넘게 책임질 자신이 없다. 아마 나는 언젠가 결혼을 하더라도 선뜻 아이를 가지진 않을 것 같다. 중요한 건 결국 다 내 선택이었다는 거다.

애인과 동거하며 산다고 하면 '생각 없는 어린 것들'이라는 소리를 들을 수 있다. 사실 나도 그들이 말하는 그 생각 없는 어린 것이 되고 싶다. 결혼 제도가 애인을 안정적으로, 그러면서도 자유롭게 지원해 주는 세계라면. 임신과 출산의 부담을 사회가 함께 지는 세계라면 혹시 아나. 생각 없이 결혼하고 마음 편히 아이를 가질 수 있을지. 그러므로 나는 동거 커플을 폄하하는 그들이 말하는 세계가 오기를 간절히 바라는 이다. 내가 생각 없이 살 수 있는 세계. 그 세계를 기다려 보자.

근데, 고도는 언제 오지?

아, 나 빼고
다 결혼했네

~~~

대학 때 온라인 백과사전 만드는 아르바이트를 했다. 물론 중요한 단어는 보다 대단한(?) 분들이 집필했고, 나 같은 아르바이트생들은 백과사전의 중심에서 한참 벗어난 단어를 정리했다. 유명하지 않은 인물이나 문화재를 정리하는 일이었다. 이를테면 정약용이 아니라, 정약용의 둘째 큰형에 대해서. 무량수전 배흘림기둥이 아니라 동네 작은 절에 있는 삼층 석탑에 대해서. 나는 그중 경상도 의성군의 문화재를 정리했다. 웬만한 벽돌보다 크고 두꺼운 군지를 뒤적거렸다.

  꽤 벌이가 짭짤했던 그 아르바이트를 하느라고 방학을 꼬박

보냈다. 방학 내내 있었던 동아리 연습에도 나가지 못했고, 학교 친구들도 잘 만나지 못했다. 학기가 다시 시작되자마자 학교 소극장에서 동아리 공연이 열렸지만, 방학 내내 코빼기도 안 비쳤던 나는 이방인의 마음으로 관객석에 앉았다. 세 달 전까지만 해도 어제저녁에 뭘 먹었는지, 미팅에서 마음에 드는 사람은 누구였는지 시시콜콜 알던 사이였는데. 자기들만 아는 이야기를 주고받는 친구들이 좀 멀게 느껴졌다. 아르바이트가 끝나면서 금세 다시 붙어 다니긴 했지만.

그리고 10년이 넘게 흘렀다. 그때 나와 함께 몰려다니던 친구들은 다들 화려한 드레스를 입고 버진 로드(이 말 좀 바꾸면 좋겠다)에 섰고, 곧 아이를 낳았다. 시시콜콜한 일상을 나누던 때는 이미 너무 지나서, 오랜만에 얼굴을 보게 되면 이야기 끈을 어디서부터 풀어내야 할지 몰랐다. 지난주에는 친구 아들 돌잔치에 가서 정장을 잘 차려입은 동아리 친구들을 만났다. 돌잔치가 열린 호텔의 지나치게 웅장한 음악과, 역시 과하게 우아한 꽃 장식이 좋아 보이는 한편 쓸쓸하기도 했다. 무대 위에서 한복을 입고 아이를 어르는 그녀의 세계는 홍대의 번화가에서 애인과 사는 내 세계와 너무 멀어 보였다. 친구는 공연 무대 위에서, 나는 백과사전 정리하는 책상 위에서 있던 그때처럼.

삼십 대 중반이 가까워 오자, 친구들 열에 일곱은 결혼을 했다. 지난 10년간 참여한 결혼식만 몇 번인가. 신부의 가방에 봉투를 밀어 넣은 게 얼마인가. 스물한 살에 처음 친구 결혼식에 갔을 때만 해도 같이 호들갑을 떨던 나는, 서울의 웬만한 예식장 뷔페를 구분해 낼 줄 아는 삼십 대가 되어 있었다. 예전과 다른 게 하나 더 있다면, 이제는 정말 친구를 '보내주는 마음'이 되었달까.

결혼을 사랑하는 사람과 함께 하겠다는 약속을 공표하는 세리머니 정도로만 알던 때는, 결혼한다고 해서 친구와 나의 관계가 달라질 거라고 생각하지 않았다. 친구의 애인은 예전에도 쭉 있던 존재니까. 가을바람이 좋다고 한밤에 놀이터로 불러낼 수도, 예고 없는 여행을 할 수는 없겠지만, 그것쯤 뭐 대수랴. 친구에게 짝꿍이 생겼다는데.

그렇지만 결혼한 친구와의 관계는 생각했던 것보다 많이 달라졌다. 주말에는 제부의 생일파티가 있다 했고, 그다음 주말에는 시어머님이 서울에 올라오신다 했고, 그다음 주말에는 친정엄마와 여행을 떠난다고 했다. 친구에게는 짝꿍만 생긴 게 아니라 하나의 새로운 월드가 생긴 것처럼 보였다. 좋아 보였지만 우리가 함께 이야기할 수 있는 거리는 점점 줄었다. 시어머니가 결혼 후 첫 번째 맞이하시는 생신에 며느리 미역국을 먹고 싶다고 하는 게 보통인지 잘 몰랐다. 제부 생일 파티에는 어떤 선물을 골라가야 하는지 조언해 줄 수도 없었다. 어젯밤에 뭘 먹었는지 이야기하는 것보다, 스무 살 그때 학교 축제 끝나고 뭘 먹었는지 이야기하는 일이 많아졌다.

아이를 낳으면 그들의 세계는 다시 천지개벽했다. 나는 잠자코 지갑을 여는 이모가 되어 선물을 보내는 것으로 나의 마음이 여전히 그대로라고 광고했고, 친구의 안부는 카톡 프로필 사진으로 확인했다.

서른 살이었나. 맥주 한 잔이 몹시 당기던 저녁, 고향집에 가고 없는 애인 대신 동네 친구가 없나 카카오톡 친구 목록을 쭉 내릴 때였다. 5년 전만 해도 느닷없이 전화해서 맥주 한 캔만 하자고 할 친구가 많았다. 친구의 친구까지, 그 친구의 친구까지 나와 큰 파티로 번진 적도 여러 번이었다. 그러나 그날 카톡을 내리면서 발견한 건, 프로필 사진을 가득 채운 아이 사진이었다. 그걸 발견하고 나는 잠자코 핸드폰 화면을 껐다. 어쩌면 아이와 함께 나와야 할지도 모를 일. 이제 돌 지난 아이에게 맥주를 먹자고 할 수는 없지 않나.

그렇게 몇십 명의 친구를 보내고 나니 이제는 그들의 결혼식이 우리 관계에 어떤 영향을 줄지, 새 가족의 탄생이 친구 삶을 어떻게 꾸며줄지 가늠할 수 있게 되었다.

요즘 나와 애인은 우리 집에서 불과 두 정거장 떨어진 커플과 친하게 지낸다. 그들 역시 결혼식을 하지 않고 함께 산다. 함께 산지는 벌써 7년. 제도 안으로만 들어가지 않았을 뿐, 그들은 서로를 배우자로 생각한다. 사는 방식이 비슷해서일까. 일주일에 한 번은 다 같이 만날 정도로 가까워졌다. 서늘한 저녁이면 공원에 가서 복식으로 배드민턴을 친다. 부모님이 잔뜩 해주신 반찬을 나눈다. 그들이 오래 여행을 떠나면 그 집의 고양이들을 대신 돌본다. 친구 커플이 낚시나 채집, 장작 패기 같은 생존 기술 익히기를 좋아해서 덩달아 밤샘 낚시를 다녔다. 농담처럼 언젠가 이런 커플들만 한동네에 모여 살아보자 제안한다. 협동조합을 만들면 어떻겠느냐며 미래 계획을 짠다.

어쩌면 언젠가 결혼과 육아로 멀어진 친구들과 다시 붙어 다닐 일이 있을지도 모르겠다. 아이들을 다 키우고 오십 대가 되면 다시 동창회에 나간다는 이야기를 들은 것도 같다. 드라마 〈디어 마이 프렌즈〉에 나오는 것처럼 노년의 공동체가 만들어질지도. 그러니 지금 우리 삶이 좀 달라졌다고, 그래서 페이스톡으로

만 얼굴을 보아야 한다고 해도 서로 무사한 걸 알면 되었다. 내가 그들에게 결혼했다고 타박하지 않는 것처럼, 그들도 내가 동거만 한다고 훈수를 두는 건 아니니. 각자 삶을 잘 살다 보면, 언젠가 다시 시시콜콜한 이야기를 나눌 때가 오지 않으려나.

나는 예전에도 지금도 계속 결혼하지 않은 상태 그대로인데, 나이가 먹으면서 결혼에 대해 해명할 일이 생긴다. 왜 지금까지 결혼을 하지 않는지. 앞으로도 할 생각이 없는지. 불법 유턴을 하다 경찰관에게 걸린 운전자처럼 내 결정에 대해 '해명'을 요청받는다. 그럴 바엔 군말 없이 범칙금을 내겠다. 내게 딱지를 떼라. 가끔은 나의 비혼이 자발적이지 않은 것으로, 그러니까 내가 결혼하고 싶어 안달이 났지만 남자가 없어서 결혼을 못 하는 것으로 판단한 사람들이 내 앞에서 부러 결혼 이야기를 꺼내지 않을 때도 있다. 편하게 이야기해도 된다. 설사 내가 '못 한 것'이라고 해도 부디 마음껏 이야기하시라.

공연을 하지 않고 관객석에 앉아 있던 대학 때 생각이 난다. 그들이 공연 준비를 하는 동안 나는 단어를 정리하고 있었다. 백과사전 아르바이트를 할 때 나는 참 많은 사람의 삶을 요약했다. 동학 농민 운동 때 죽창을 들고 나섰다가 마을 어귀에서 죽은 김개똥에 대해서, 단발령에 따를 수 없다며 장문의 유서를 남기고 자살한 훈장에 대해서, 을미사변이 일어나자 재산을 버리고 홀연히 사라진 선비에 대해 썼다. 그들 중 모두가 이름을 남긴 것도 아니었다. 성만 남거나 이야기만 남은 경우도 있었다.

주인공이 아니라 조연, 아니 엑스트라들의 삶을 다만 몇 줄로라도 정리하는 일은 오래 마음에 남았다. 위인들만 스펙터클한 삶을 사는 건 아니었다. 군지에 한 줄로 남은 사람에게도 자기만의 방식이 있었으니. 아마 나도 김개똥처럼 살다 가겠지. 거대한 역사의 파도 속에서 언제 휩쓸려 가는지도 모르게. 아마 아무도 내 삶을 정리해 주지 않겠지. 우리는 대개 B급 인생을 살다 간다. 스포트라이트가 언젠간 내 자리를 비추리라 믿으면서. 스포트라이트가 비친 무대를 간절히 바라보면서. 그러니 우리가 할 일은 무대가 아니라 옆자리의 서로를 바라보는 것일지도. 무대 뒤 군중이 뭐라고 하든 간에.

이혼해도
함께 살 수 있던데

~~~

"Pardon?"

어색한 발음으로 되물었다. 지금 뭐라고 하셨어요? 그러니까 제가 함께 살게 될 사람이 선생님과, 선생님의 이혼한 전 남편과, 아들이라고요?

10년 전, 캐나다 토론토에서 1년간 어학연수를 했다. 스물두 살, 내 몸만 한 캐리어 두 개를 질질 끌며 토론토에 도착했다. 인천공항에서 밴쿠버까지 열네 시간을 날아, 항공기 지연으로 밴쿠버 공항에서 여덟 시간을 노숙하고, 다시 네 시간을 비행해 겨우 지구 반대편까지 왔다. 1년간 영어 공부를 해보겠노라며 설렘 반 두려움 반으로 선택한 어학연수였다. 과외로 번 3백만 원 중 삼분의 일이 첫 달 홈스테이비와 생활비로 나갔다. 이대로 지내다간 3개월 만에 한국으로 돌아가야 할 판이었다. 싸고, 안전하고, 쾌적한 집을 찾아야 했다. 그러나 위치 좋고, 싸고, 안전하고, 쾌적한 집이란 2020년의 서울에서도, 10년 전의 토론토에서도 상상 속에서나 있는 공간이었다. 멕시코 친구들을 따라간 동네는 아홉 시 넘어 잘못 나다녔다간 총 맞기 딱 좋아 보였고, 한국인 친구들이 추천한 집은 너무 멀어서 한국에서 통학하는 기분이 들었다. 그때 같은 반에서 수업을 듣던 누군가 선생님 앤 Ann이 룸 렌트를 한다고 전해주었다. 선생님 집에서 하숙이라니! 개인 과외나 다름없잖아?

앤은 레슬리 역에 있는 방 세 개짜리 아파트에 살았다. 새로 지은 아파트라 깨끗하고, 동네는 안전한 데다, 1층엔 주민을 위한 빨래방도 있었다. 마트가 걸어서 5분 거리였다. 무엇보다 만족스러웠던 건, 선생님다운 앤의 버릇이었다. 앤은 내가 말할 때마다 문장의 모든 오류를 지적해 다시 말해주곤 했다.

만춘: How long did you stay here?

앤: How long have you been here?

한국인 친구였다면 한 대 때려주고 싶었겠지만, 영어 공부에 목이 말랐던 내게 '틀린 문장 찾기' 습관을 지닌 영어 선생님은 놓칠 수 없는 기회였다. 앤이 제시한 방 가격은 아침식사 포함, 한 달에 500달러. 좀 더 싸게 있고 싶은데 어떻게 할까 고민하던 차에 친구 수Sue가 방을 나눠 쓰자고 제안했다. 올레! 결국한 방에 이층 침대를 두고 함께 지내는 조건으로 각자 300달러씩 내기로 했다. 집을 함께 보러 가던 날, 앤은 지하철에서 끊임없이 우리의 문장을 고쳐댔고, 나는 속으로 이 친구 없을 것 같은 선생님과 꼭 함께 살아야겠다 다짐했다.

그렇게 부푼 꿈을 안고 앤의 집에 들어선 첫 날, 상상하지 못했던 동거인들이 날 맞았다. 아파트 문을 열었을 때 웬 낯선 백인 남자와 그와 꼭 닮은 어린애 하나가 우릴 맞았던 것. 응? 선생님 이 덩치 좋은 남자들은 누구죠? 반질반질한 대머리에 가슴에 흰 털이 잔뜩 난 (게다가 그걸 자랑스럽게 드러내고 있는) 중년의남자와 빨간 머리에 주근깨가 잔뜩 난 소년은?

앤: 이 사람은 내 전 남편(!) 마이크Mike, 사랑스러운 꼬맹이는 내 아들 샘Sam이야.

마이크: 환영해요! 환영! 환영!

산타 할아버지 체형과 미소를 꼭 닮은 마이크는 나와 수를 한 번씩 꼭 안아주었다. 소년이라고 해도 아시아에서 온 소녀 둘보다 훨씬 덩치가 좋은 샘이 뒤에서 손을 흔들었다.

만춘: 선생님이 지금 이혼한 남편하고 아들하고 같이 사는 거 맞지?

수: 맞는 것 같은데. 완전 할리우드, 아니 캐나디안이네.

이혼한 남편과 한집에서 함께 살다니. 게다가 아들까지 같이. 세상에, 한국이라면 죽었다 깨어나도 없을 일이지. 과연 캐나다야. 이럴 거면 뭐 하러 이혼했담? 이 정도면 그냥 각방 쓰는 부부라고 봐야 하는 거 아냐? 차라리 그냥 가족이면 편하게 들어와서 살 텐데. 이혼했으면 그냥 남 아닌가? 저 덩치 큰 남자 둘하고 같이 사는 게 괜찮을까? 이러다 합친다고 하는 거 아냐?

별생각이 다 들었지만 '틀린 그림 찾기' 교사를 놓칠 순 없는 법. 나와 수는 그 집에서 함께 지내기로 결정했다. 마이크와 샘의 인상이 좋았고, 집주인이 선생님이라는 점도 보장이 확실해서 안전할 것 같았다.

나는 그곳에서 반년 정도 살았다. 선생님도, 마이크도, 샘도 좋은 하우스메이트였다. 나와 방을 같이 쓰던 수도 말할 것 없이 좋은 룸메이트였다. 방 세 개 중 하나는 선생님이 썼고, 나머지 한 개는 마이크와 샘이 함께 썼다. 남은 방 하나에 2층 침대와 책상 두 개를 놓고 수와 내가 살았다. 넓은 거실에서는 수백 개의 채널이 나오는 커다란 티브이가 있었고(그때만 해도 한국엔 케이블 채널도 별로 없었다), 함께 쓰는 주방 냉장고 한편에는 우리를 위한 'Korean Food Section'도 마련되어 있었다. 거실에 나와서 텔레비전을 보는 것도 편안했고, 가끔 앤의 방에서 수다를 떠는 것도 즐거웠다. 주말이면 걸어서 5분 거리의 마트로 다 같이 장을 보러 갔다.

그때를 생각하면 떠오르는 장면은 두 가지. 한국 음식을 좋아하는 앤을 위해 김밥과 떡볶이를 만들었던 날이었다. 앤과 마이크와 샘이 주방에 둘러앉아서 수와 내가 만든 김밥을 먹었고, 왜 다른 종류의 스시는 없냐고 물었다. 아마 김밥이 이들에게는 스시의 한 종류처럼 보였나 보다. 앤이 한국인들은 원래 이렇게 먹는다고 마이크를 타박했다.

다른 한 장면은 크리스마스. 앤이 학교 선생님들을 집으로 초대했던 날이다. 전날 밤에 다섯이서 크리스마스트리에 장식을 주렁주렁 달았다. 수와 내가 음식을 서빙했다. 맛은 없고 크기만 엄청나게 큰 크리스마스 케이크를 한 스물다섯 조각 정도 내어 나눠 먹었다. 그날만 좀 어색해 보였던 마이크가 뒤늦게 방에서 나왔다. 선생님들을 맞이하던 크리스마스. 그때 우리는 진짜 가족보다 더 가족 같았던 것 같다.

이혼한 캐나디안 부부와 그들의 아들, 그리고 동양인 여자 둘이 한 아파트에 사는 건 생각보다 즐거운 일이었다. 자세히 물어보진 않았지만 아마 경제적인 이유로 함께 사는 것처럼 보였다. 이혼했다고는 하지만 앤과 마이크는 적당히 친구처럼 잘 지냈다. 둘이 데이트를 나가진 않아도, 다섯이 함께하는 자리를 불편해 하지는 않았다.

아직도 가끔 그때 그 풍경을 생각한다. 아르바이트를 하느라 늦은 저녁에 되어서야 집 문을 열면, 샘과 마이크가 거실 소파에 앉은 그대로 목을 돌려 내게 인사를 했다. 방문이 닫혀있었던 적이 없던 앤의 방에서 잘 왔다고 외치는 소리가 들렸다. 수는 주로 책상에 앉아서 늘 무언가를 공부하고 있었고, 씻고 이층 침대로 기어 올라가면 고양이가 침대 머리맡에 앉아있었다.

캐나다에서의 생활은 짧았지만 외로웠다. '바깥 사람'으로 산다는 게 어떤 건지 슬쩍 엿보게 되었다고 할까. 토론토는 다양한 인종이 모인 도시였고 인종 차별도 드물었지만, 난 끝내 이방인으로서의 이질감을 벗진 못 했던 것 같다. 지금 와 생각해 보면 그런 생활을 버티게 해주었던 건 그 가족이었던 것 같다. 앤과, 그녀의 전 남편 마이크, 샘, 그리고 동양인 수. 남들이 보기엔 참 이상해 보일 법도 한 다섯 명의 하우스메이트. 아니, 가족이었다고 불러야 할까?

캐나다에서 만난 가족들의 소식을 종종 듣는다. 앤과 마이크는 다시 합치지 않았다. 사진작가였던 마이크가 일 때문에 다른 도시로 떠나면서 그들도 따로 살게 되었다고 한다. 샘은 마이크를 따라갔다. 수는 호주에서 회계사를 하고 있다. 몇 년 전 수가 한국에 잠시 왔을 때, 홍대에서 점심을 먹으며 그들 이야기를 하고 웃었다. 다들 각자 다른 곳에서 또 다른 동거인들과 함께 하고 있을 터였다. 앤은 지금 누구와 함께 살고 있을까? 틀린 문장 찾기를 아직도 해주고 있을까?

가끔은 혼자 있고 싶어
미칠 것 같아

≋≋

《결혼 고발》의 저자 사월날씨 님께 물었다. 다시 예전으로 돌아간다면, 결혼할 거냐고.

사월날씨: 저는요. 혼인 신고만 하고 싶어요 가족들한테 알리지는 않은 채로 국가에 등록만요.

만춘: 아무래도 우리나라 특유의 시댁 문화가 힘들죠?

사월날씨: 같이 살지도 않을 거예요.

만춘: 같이 안 산다고요?

사월날씨: 네. 오피스텔 같은 거 구해서 위아래는 아니고 두

층 떨어져서 살아도 좋을 것 같아요. 위아래는 너무 가까워요. 데이트하고 각자 집으로 돌아가면 좋을 것 같아요.

만춘: 왜요?

사월날씨: 따로 살면 연애 감정도 더 잘 생길 것 같은데요?

만춘: 그렇지만 같이 살면 좋은데.

사월날씨: 뭐가 좋은데요?

말문이 턱 막혔다. 제도 안으로 들어가지 않고 함께 사는 좋은 점에 대해서는 숱하게 말했지만, 결혼한 사람에게 함께 살아서 좋은 점이 뭐냐고 질문을 받으니 뭐라고 해야 할지 몰랐다.

만춘: 사월날씨 님은 결혼해서 뭐가 좋은데요?

사월날씨: 안정감이요.

만춘: 안정적이에요?

사월날씨: 네. 여러 가지로.

결혼하지 않고 함께 사는 걸 보며 '안정적'이라 말하는 사람이 몇이나 될까. 사회가 이야기하는 안정성이란 보통 제도적인 뒷받침 혹은 경제적 제휴 혹은 사회적 인정에서 오는데, 동거는 그중 어떤 것도 보장해 주지 않기 때문이다. 물론 동거하는 사람이 서로 합의하기 나름이겠으나, 팍스 제도에 가입되어 있지 않은 한 그들의 약속은 법적 효력을 가지기는 힘들다. 그럼 동거하면 뭐가 좋을까? 내가 정말 원해서 동거를 하고 있는 걸까? 아니면 인생의 다른 결정들처럼 돌이키기 힘들어 합리화하는 걸까?

이제 와 하는 말이지만, 만약 두 번째 애인이 거주지가 불안정하지 않았더라면 그와 함께 살지 않았을 것 같다. 그를 좁고 어두운 고시원으로 다시 돌려보내기 싫었던 것은, 그와 함께 살고 싶어서라기보다는 그가 그곳에 사는 걸 불행하게 여기는 것처럼 보였기 때문이다. 그가 화장실이 딸린 다섯 평짜리 원룸에만 살았어도, 그를 내 집에서 내보낼 때마다 죄책감이 들지는 않았을 것 같다. 어쩌면 데이트하고 헤어지는 저녁에 혼자 불 꺼진 방으로 들어오면서 은근히 안도했을지 모른다(나는 정말이지 아무도 없는 불 꺼진 차가운 방이 너무 좋았다). 종일 누군가와 함께 있는 일은 피곤한 일이다. 그 사람이 나를 주시하고 있지 않더라도 내 행동이 누군가에게 보이고 있다는 생각을 버릴 수 없다. 한 달에 한 번 정도, 완전히 혼자이고 싶은 마음이 치밀어 오른다.

두 번째 애인과 지내는 시간이 길어지자 혼자 있고 싶은 갈망이 불쑥불쑥 찾아왔다. 그건 일반적인 겨울의 추위처럼 천천히 오지 않고, 꽃샘추위처럼 느닷없이 튀어나왔다. 둘이 함께 있는 게 한없이 좋다가도, 어느 순간 그가 집에서 나가지 않는 게 못 견디게 갑갑했다. 완전히 고독해질 자유를 잃어버린 것 같았다. 그는 내가 원할 때도 집에 있었고, 내가 원하지 않을 때도 자신의 자리를 조용하게 지키고 있었다. 혼자 있고 싶어 미칠 것 같다가도, 다른 일상의 일들에 치이다 보면 그런 욕망은 또 쉽게 잊혔다. 그런 갈증은 잠시 사그라들었다가 잊을 만하면 다시 찾아왔다. 좀 더 주기를 빨리하며.

그렇다고 혼자 집에서 뭔가 대단한 것을 하고 싶었던 것도 아니다. 팬티만 입고 집안을 돌아다니고 싶었고, 눈이 뒤로 찢어지도록 머리를 질끈 묶고 있고 싶었고, 종일 세수도 안 하고 텔레비전 리모컨만 돌리고 싶었다. 간식을 먹고 봉지를 집안 여기저기 아무렇게나 두고 싶었다. 너무 소소해서 아무도 신경 쓰지 않을 것 같은 방탕!

그래서 나는 한 달에 한 번씩 집을 나갔다. 집 앞에 있는 호텔에 갈 때도 있었고, 내 사무실에 따로 마련해 놓은 간이 침대에서 잘 때도 있었다. 덕분에 호텔을 싼값에 예약하는 온갖 노하우를 알게 되었다. 이유도 간단했다. 혼자 있고 싶어서.

　가서 대단한 방탕을 하는 것도 아니었다. 주로 편의점에서 사온 간식이나 배달 앱으로 받은 음식을 먹고 침대에 누워 빈둥거렸다. 만화책을 보며 침대에서 뒹굴거리거나, 욕조에 물을 받아 발가락이 쪼글쪼글해질 때까지 누워있었다. 슬리퍼를 끌고 동네를 돌아다니거나, 유튜브에서 고양이 그루밍 동영상 따위를 보며 잠에 들었다. 그럴 때면 엄마 생각이 났다. 결혼하고 40년에 가까운 시간 동안, 엄마가 혼자 있을 수 있었던 건 과연 며칠이나 되었을까 하는 생각. 내가 엄마의 자유를 빼앗았다는 생각. 그 후로 나는 가끔 엄마에게 호텔 숙박권을 선물한다. 엄마에게도 혼자 있을 시간이 필요하다.

　가끔 혼자 있는 시간을 가지는 건 나뿐 아니라 우리 관계에도 꽤 도움이 되었다. 가끔 화가 치밀어 오르듯, 혼자 있고 싶은 마음이 일렁이는 횟수도 줄었다. 하루 안 봤다고 다음 날 조금 애틋해지기도 했다. 나는 그에게도 가끔 집 밖으로 나가기를 권장했지만, 그는 혼자 있을 필요성을 그다지 느끼지 못한다고 했다. 그가 내 집에 들어와서 사는데, 내가 혼자 있기 위해 밖에 나가는 게 억울하기도 했지만 연애가 어디 그렇게 논리적으로만 되나. 목마른 사람이 우물 파야지.

한 친구는 결혼하게 된 계기를 어쩌다 하게 된 동거로 꼽았다. 그는 오피스텔에서 살고 있었는데, 아래층 청년과 열애 중이었다. 7층과 9층. 자연스럽게 서로의 집을 오가며 데이트를 했고, 어느 순간 그가 청년의 집에 머무르는 시간이 그의 집에서 혼자 있는 시간보다 길어졌단다. 어차피 오피스텔 한 채면 되는데 두 채에 월세를 내는 게 아까워 살림을 합치기로 결심했다. 그러다 결혼을 하고, 새로 아파트를 얻어 나와 살게 되었다. 지금 그는 남편에게 가끔 이야기한단다. 아이가 좀 더 크면 예전처럼 오피스텔에 따로 살자고. 그렇게 사는 게 두 사람의 행복을 위해서 더 좋을 것 같다고. 언젠가 그들이 7층과 9층에 다시 들어가게 되는 날이 올까?

떨어져 있으면 함께 살고 싶고, 함께 살면 또 가끔 떨어져 살고 싶다. 간사한 마음이다. 누군가는 세상에 모든 것이 만족스러운 선택은 없다고, 좋은 점이 있는 만큼 나쁜 점도 감수하며 살아야 한다고들 한다. 그렇지만 정말 그럴까? 어쩌면 좀 더 좋은 점이 많고 불만족스러운 점이 덜한 선택도 있지 않을까? 가보지 않고는 모를 일이다.

떠날 수 있는 자만이 머무를 수 있다고 한다. 내가 애인과 따로 떨어져 살 수 있음에도 함께 있는 것을 선택하는 것과, 헤어질 수 없어서 같이 있는 것은 아주 다르다. 나는 어디까지 삶을 공유할 수 있을까? 나는 얼마나 나의 애인과 함께 하고 싶은가? 그런 질문에 사지선다식으로 답하고 싶지는 않다. Yes 또는 No 사이의 어딘가에 점을 찍고 싶다. 이왕이면 X축 Y축으로 이루어진 2차원보다, 폭넓은 3차원의 답이었으면 한다.

아직도 나는 가끔 혼자 있는 시간이 필요하다. 한 달에 하루에서 사흘 정도. 애인이 일 때문에 집을 떠날 때면, 그가 없는 집을 온전히 누린다. 한 달 내내 그가 집을 나가지 않으면, 내가 떠나거나 그에게 하루라도 나가 달라고 부탁한다. 그가 부탁할 때도 마찬가지다. 우리에겐 가끔 혼자 있을 권리가 필요하다. 그게 누구라도.

제발 서프라이즈 이벤트
좀 그만해

~~~

"서프라이즈!"

10년 전 대학로. 애인 2와 나는 마로니에 공원 근처에 서 있었다. 갑자기 그의 손에서 마법같이 장미꽃이 나왔다. 종이를 구겨서 불을 붙이자 손안에서 작은 불꽃이 잠깐 타올랐다. 그리고 타버린 종이 대신 나타난 장미꽃 한 송이. 너무 신기해서 그의 손을 붙잡고 앞뒤로 살펴봤다. 괜히 그의 주머니를 흘깃거렸다. 대체 장미가 어떻게 갑자기 나타난 거야? 신기하네. 비 오는 수요일을 맞아 그가 한 이벤트는 장미 마술이었다. 오, 이번엔 참 신박한 이벤트로군. 사람들 앞에서 나를 구경거리로 세우지 않아서 좋고, 이런저런 친구들이 동원되지 않아 좋았다. 이번에도 사람들의 "우와~좋겠다~" 혹은 "꺄~" 같은 호응을 들으며 평가대에 올라야 한다면, 장미를 태워버리고 투명 인간이 되어 마로니에 공원을 질주하고 싶을지도 몰랐다. 장미를 만지작거리며 몰래 안도의 한숨을 쉬었다. 할 거면 제발 이렇게 조용히 하면 좋겠다 싶었다. 겨우 그의 기대에 찬 눈을 슬며시 피했다. 그렇다. 그는 이벤트 중독자였다. 나는 절대 그렇지 않았고.

애인 2는 과묵한 타입이었다. 물으면 성실하게 답했지만, 부러 나서는 일은 잘 없었다. 어디에 앉아서도 침묵을 지키는 편이었다. 애정 표현도 마찬가지였다. 필요할 때는 진중하게 사랑한다고 말하곤 했지만, 하루에도 몇 번씩 애정 어린 이모티콘을 쏟아내는 부류는 아니었다. 사랑한다는 카톡 대신, 박목월 풍의 시를 지어 테이블 위에 올려두곤 했다. 알지 않나. 나뭇잎 떨어지는 소리에 내 마음은 떨리오. 이렇게 어미로 '오'를 쓰는 그런 시. 요즘 젊은이가 지었을 것 같지 않은 향토적 정서가 가득한 단어로 이루어진 시. 충청도 출신에 대한 편견에 어울리게, 그는 참 점잖은 선비 같았다. 그런 점이 마음에 들었다. 불편한 점이 있다면, 이벤트를 지나치게 좋아한다는 것 정도?

그가 서프라이즈 이벤트를 좋아한다는 걸 잊고 있었다. 10년 만에 전 남친(너무 짧게 만난 데다 데이트 몇 번뿐이어서, 그때 연애를 했다고 봐야 할지 모르겠지만)을 다시 만나면 이런 기분이구나. 그러고 보니 이 아이가 돈가스를 좋아했었지. 그러고 보면(!) 내가 이 점을 탐탁지 않아 했었어. 역시 그러고 보니(!!) 그도 나도 참 안 변했다. 또 그러고 보니(!!!) 사람은 진짜 안 변하는가 봐. 내가 할머니가 되어도 이 할아버지는 이벤트를 하려나. 경로당에서 바둑판 위에 검은 돌로 하트 무늬를 새기려나.

생각을 곱씹는다. 그는 10년 전 참 많은 이벤트를 했다. 마로니에 공원에서 장미꽃 마술을 보여줬고, 새벽에 꽃을 들고 무작정 우리 집 앞에 와서 기다리기도 했다. 감기에 걸렸다고 했을 때는 40킬로미터도 넘는 우리 집에, 오직 따뜻한 매실차를 주러 달려왔다. 그날은 성탄제도 아니었고 매실이 산수유 열매도 아닌데 말이다. 쪽지를 펼치면서, 쪽지에 쓰여 있는 퀴즈를 풀면 그 끝에 선물이 있는 복잡한 이벤트도 했다. 마지막 쪽지를 들고 대학로의 한 편의점에 들어가 커다란 곰돌이를 수령할 때의 기분이 생각난다. 지금도 잊히지 않는 이벤트도 있다. 둘이 함께 연극을 보러 갈 때였는데, 무슨 참여자 사연 공모를 했는지 배우가 무대 위로 나를 불러냈다. 그의 고백을 읽어주었던가, 그가 직접 말했던가 자세한 기억은 나지 않는다. 어쩌면 그게 트라우마가 되어서 스스로 기억을 지워버린 걸 수도 있다.

이벤트를 좋아하는 사람에게 그는 얼마나 좋은 애인인가. 사람이 와글와글 모인 야구장에서 장미 백 송이를 들고 프러포즈 받는 것이 꿈인 내 친구를 만났더라면 서로 얼마나 좋았을까. 연극 무대 위에 올라 내 친구는 감동에 벅차 울어버렸을지도 모른다. 그것이야말로 대중이 원하는 서사가 아닌가. 감동적인 고백, 해피엔딩의 포옹! 그렇지만 나는 이벤트가 싫다. 우리 둘 사이의 관계에 익명을 가진 관객을 끌어들이기 싫다. 뻔한 이벤트는 더 싫다. 그게 '서프라이즈'라면 최악이다. 그런 내게 이벤트 중독자 애인이라니!

그와 다시 만나기 시작하면서, 나는 10년 전 그의 이벤트가 얼마나 부담스러웠는지 새삼 기억이 났다. 끊임없이 고백을 해대는 이 베르테르의 서사 반대편에는 무엇이 있었나. 새벽에 그가 우리 집 앞에 왔노라고 문자를 보냈을 때는 진심으로 무서웠다. 나에게 말도 하지 않고, 따뜻한 매실차를 전해주러 오다 교통사고를 당했을 때는 걱정도 되었지만 화도 났다. 편의점 직원에게 곰돌이를 건네받을 때는 부끄러워서 고개를 들지 못했다.

그가 연극 무대 위로 나를 불러낸 이후로, 나는 관객 참여형이나 고백 이벤트 같은 게 있는 연극은 보러 가지 않는다. 이렇게 찾아오는 거 싫다고, 부담스럽다고, 제발 집에 있으라고 여러 차례 말했지만 그의 이벤트 사랑은 끝나지 않았다. 아마 내가 '좋으면서도 빼거나' 혹은 '예의상 하는 거절'이라 생각했던 게 아닐까? 자기가 좀 더 적극적으로 하면 내가 '실은 좋으면서 마지 못하는 척' 따라와 줄 거라 생각했던 걸까?

그의 이벤트 사랑에는 또 다른 부작용이 있었다. 우리 주변의 사람들이 그를 순정파 베르테르로, 나를 남자의 마음을 몰라주는 냉혈녀로 알게 된다는 거였다. "그렇게까지 하는데 좀 받아주지 그래.", "나 같으면 좋을 것 같은데 너무 하네.", "걔가 너 좋아서 그러는 거잖아."

대학교 1학년 때였나. 그와 아직 친구 사이일 때였다. 학교 도서관에서 듣기 공부하는 데 이어폰이 없었다. 그가 시험 기간이면 도서관에 있던 게 생각났다. 그에게 문자를 보냈다.

만춘: 너 도서관이야?

애인 2: 왜?

만춘: 나 이어폰 없어서, 너 도서관이면 빌릴 수 있을까 해서.

애인 2: 그래? 좀 기다려.

좀 기다리라는 그는 한참이 지나도 오지 않았다. 나는 이어폰이 필요 없는 공부를 마치고 먼저 집으로 가려 했다. 아마 다른 공부를 하느라 깜빡 잊었나 보다 했다. 그때 그가 헉헉거리며 도서관으로 왔다. 이어폰과 음료수를 건네주고 공부 열심히 하라며 자리를 떴다. 한 시간이 지나서 생각났나? 그가 왜 그렇게 오래 걸렸는가는 얼마 지나지 않아 친구를 통해 알게 되었다. "너 개한테 한 시간 넘는 거리에서 심부름시켰다며? 이어폰 가져오라고.", "뭐?"

알고 보니 그는 학교에서 한 시간도 넘는 거리의 친구 집에서 오직 이어폰을 건네주기 위해 학교까지 온 것이었다. 그냥 없다고 하면 될 것을. 대체 왜? 그의 친구들 사이에서 나는 좋아하는 마음을 이용해 이어폰 심부름 따위를 시키는 악녀가 되어 있었다. 소문이 어떻게 그렇게 와전되었는지 모르겠다. 그에 대한 나의 마음이 좋아질 리 없었다. 그런 일은 다른 방식으로 몇 번 반복되었다. 사람들 말대로 그는 단지 좋아서 그러는 건데, 내가 나쁜 걸까? 어린 마음에 그런 판단은 더 내리기 어려웠다. 다만 그가 불편했다.

10년이 지나 우리는 서울에서 다시 만났다. 그런 기억은 옅어졌다. 그동안 사는 이야기를 나누는 것만 해도 바빴다. 그가 다시 이벤트를 시작하고 나서야, 나는 내가 그의 그런 면을 싫어했다는 걸, 거의 무서워했다는 걸 깨달았다.

썸을 탄지 얼마 되지 않았을 때, 나는 제주도로 워크숍을 떠났다. 워크숍 마지막 날 느닷없이 그에게 전화가 걸려왔다.

애인 2: 어디야?

만춘: 나? 제주도지 어디긴 어디야.

애인 2: 제주 어디?

그 말을 듣는 순간 불길한 예감이 일었다. 이거 혹시 제주도 온 거 아냐? 왜 슬픈 예감은 틀린 적이 없나. 그는 나에게 말도 없이 제주도에 와 있었다. 모두 다 함께 입을 모아, 다시 한번 "서프라이즈~!" 내게는 아직 남은 일정이 있는데도 불구하고. 시간이 되지 않으면 나오지 않아도 된다고 말했지만 이미 마음이 너무 불편했다. 그러나 일정이 끝나지 않아 갈 수도 없었다. 저녁 회식이었고, 애정을 가진 일이었기에 자리를 피하고 싶지도 않았다. 심지어 그는 친구와 함께 내려왔다고 했다. 내 얼굴을 보고 싶은 친구란다. 그 친구는 또 나를 뭐라고 생각할까? 제주까지 한걸음에 달려왔는데, 제 일하겠다고 코빼기도 안 비추는 자아도취녀? 결국 다음날 오전이 되어서야 공항에서 그를 만났다. 나는 돈을 좀 써서 비행기 티켓과 숙소를 하루 연장했다.

그는 왜 그랬던 걸까. 지금도 가끔 생각한다. 어쩌면 그는 끊임없는 구애의 서사에 푹 젖어있는지도 모른다. 데이지를 위해 인생을 거는 개츠비가 되고 싶었던 걸지도. 그러나 그 삶은 개츠비를 위한 것이었나, 데이지를 위한 것이었나. 남자는 구애를 하고, 여자는 마지못해 받아들인다는 90년대적 낭만성 때문이었는지도 모른다. 그 서프라이즈는 '낭만적인 사랑을 하는 헌신적인 자신'에 대한 또 다른 사랑이었나?

그의 서프라이즈 이벤트 사랑은 연애 후에도 지속되었다. 그 중 백미는 과연 '프러포즈'였다. 다시 한번 모두 힘을 모아 불러줘! "서프라이즈~!" 나는 결혼 생각이 없다고 여러 번 말했던 것 같은데. 그는 함께 간 여행지에서 무릎을 꿇고 반지를 내밀었다. 같이 살기 시작했으니, 결혼해야겠다는 생각이 들었던 걸까. 이벤트를 싫어하는 것과는 별개로 나는 이 '무릎을 꿇고 반지를 내미는' 식의 프러포즈를 좋아하지 않는다. 기대에 가득 찬 남자친구의 프러포즈를 완곡하게 거절하고 우리는 덤덤하게 다음날 아침 해를 맞이했다. 프러포즈를 거절할 수 있다면, 당신은 무엇이든 거절할 수 있는 사람이 된다. 서프라이즈 프러포즈를 거절해도 다음날 아침 해는 뜬답니다!

후에도 그는 집요하게 자신의 부모님을 만나러 가자고 졸랐다. 결혼. 프러포즈. 결혼. 프러포즈. 서프라이즈. 나는 프러포즈 노이로제에 걸릴 것 같았다. 일요일 오전이면 즐겨보던 나의 애청 프로그램 서프라이즈마저 싫어질 지경. 그는 알지 모르겠지만, 그의 서프라이즈 프러포즈는 천천히 내 마음을 식게 했다. 절대 보러 오지 말라고 했던 나의 무대에(당시 나는 취미로 연극을 하고 있었다) 그가 다시 한번 서프라이즈로 꽃을 들고 찾아왔을 때, 나는 깨달았다.

이 사람, 내 말을 전혀 듣고 있지 않구나.

말이 잘 통하는 줄 알았다. 내가 읽던 책을 그도 읽어서. 내가 좋아하는 감독을 그도 좋아해서. 나의 지난한 일과의 싸움을 응원해 주어서. 그가 내 이야기를 잘 들어준다고 생각했다. 그건 내 오해였던 것 같다. 그는 다만 나와 취향이 비슷하며, 나를 사랑했던 것뿐이었다. 사랑한다고 해서 상대를 더 잘 이해하는 건 아니다. 상대를 잘 이해한다고 해서, 꼭 사랑하게 되는 건 아닌 것처럼.

나는 자주 오해한다. 페미니스트면 레이시스트는 아닐 거라고. 광주 사람이면 문재인 대통령을 좋아할 거라고. 친절하면 온화한 사람일 거라고. 나를 사랑하면 내 이야기를 들어줄 거라고. 누군가를 이해하면 공감하게 될 거라고. 평생 누구도 해명해 주지 않는 오해를 붙들고 살아간다. 타오르던 휴지 속에서도 장미가 나오는 세상이 아닌가. 쪽지를 따라가면 느닷없이 곰돌이가 나오는 연애가 아닌가. 이 연애의 끝에 뭐가 나올지 모르겠다. 그때 외치는 이 말이라면 반가울지도. 다 같이. "서프라이즈~!"

그 사람과 살면
그 사람이 묻어요

~~~

고등학교 3학년 때 교외에 있는 숯불갈빗집에서 아르바이트를 했다. 나이가 몇이냐고 묻지도 따지지도 않아서 좋았고, 일이 끝나면 현금 통에서 바로 배춧잎들을 세어서 건네주는 게 좋았다. 일요일 교외의 숯불갈빗집이란 가족들을 위한 테마파크 같은 곳인지라, 나는 그곳에서 참 많은 가족들을 보았다. 가족들은 참 끼리끼리도 닮았다. 유전자야 어쩔 수 없다 하더라도, 각자의 걸음걸이, 표정, 웃음소리, 목소리 크기까지. 엄마 걸음걸이가 큼직큼직하면 딸도 젓가락을 가져가는 품새나 웃음소리가 거침없었다. 아빠가 목소리가 작고 남의 눈치를 보는 것처럼 보이면,

아들도 기어 들어가는 목소리로 콜라를 주문하기 마련이었다. 역시, 같이 살면 닮는 걸까?

애인 2와 함께 살기 시작하면서 우리도 좀 닮아갔다. 나는 새로운 취미가 하나 생겼다. 20년 만에 부활한 취미. 1990년대 초반에 어울리는 취미. 일요일에 목욕탕 가서 때 밀기!

요즘도 주말마다 목욕탕에 가서 때를 미는 사람이 젊은 사람이 있는지 모르겠다. 몇 년 전 엄마랑 갔던 동네 목욕탕에는 할머니, 아니면 아주머니, 아니면 여기 들어와도 되는지 긴가민가 하는 꼬맹이들만 있었으니까. 애인 2의 취미가 주말에 목욕탕 가기인 덕에, 같이 살면서 나도 자주 목욕탕에 따라갔다. 그의 목욕탕 사랑은 유별나서, 그냥 우리 집 근처에 있는 일반적인 찜질방은 진짜 목욕탕이 아니라고 했다. 과연 진짜란 무엇인가! 반투명 유리 앞에 녹색 스티커로 '목욕'이라고 써 붙인 진짜 옛날 목욕탕? 하얀 바가지가 크기별로 준비되어 있고, 써도 써도 절대 닳을 것 같지 않은 큼직한 비누가 여기저기 놓여 있는 목욕탕? 그런 목욕탕을 찾아 우리는 집에서 버스를 타고(그것도 한 번 갈아타고) 주택가가 밀집한 곳으로 향하곤 했다. 채 다 말리지 못한 젖은 머리로 시내버스를 타고 돌아올 때면 '이게 뭐 하는 짓인가' 싶기도 했지만, 세상 다른 취미들이 그렇듯 자꾸 하다 보면 거기에 중독된다.

나는 점점 목욕탕에서 나와 바나나 단지 우유를 물고 있는 시간이 좋아졌다. 뜨거운 물에 몸을 불리는 시간도, 세신사의 손에 나를 확 맡겨 버리는 용감한(?) 시간도, 천장에서 뚝뚝 떨어지는 물방울을 세며 멍 때리는 시간에 중독되어 갔다. 아, 이 좋은 걸 잊었었구나. 한국인은 역시 뜨거운 물에 시원하게(?) 몸을 불려야 사는구나.

취향이 전반적으로 '응답하라 시리즈' 같았던 그의 또 다른 취미는 시 쓰기였다. 국어 교사였던 그의 아버지가 시 쓰기 습관을 물려주신 건지, 그는 자주 시를 쓰곤 했다. 그의 시는 박목월과 조지훈 풍인 데다 배경이 몇십 년 전 시골일 때가 많았다. 덕분에 나는 스무 살 연상의 남자랑 사귀는 기분이 들기도 했다. 그가 시를 자주 쓰는 덕에 나도 곁에서 시도 아니고 수필도 아닌 글을 끄적이는 일이 종종 생겼다. 그렇게 시에서 채집한 단어들을 일하면서 쓰게 되는 일도 잦았다. 시를 쓰면 우주에서 나를 낚아채는 손이 내려오는 것 같다. 현실에 바싹 코를 붙이고 앉아 바로 앞에 있는 하루밖에 보지 못하는 나를 멀리 끌고 간다. 멀리서 다시 나를 볼 수 있도록. 까마득한 곳에서 내 일상을 볼 수 있도록. 우리는 서로 집을 비울 때마다, 공동 노트에 메모를 남기곤 했는데 언제부턴가 그 메모장이 시집이 되었다.

나는 지금도 가끔 목욕을 한다. 밖에서 오래 행사를 했거나, 사람들에게 시달린 날이면 뜨거운 물을 한가득 담는다. 그냥 들어가기는 너무 뜨거운 정도로. 그렇지만 무릎을 넣을 수 있을 만큼은 견딜 수 있는 온도로. '러쉬'에서 손에 펄을 묻혀가며 고심고심해서 고른 입욕제를(너무 비싸서 함부로 고를 수가 없다) 사르륵 푼다. 읽을 책과 마실 차를 곁에 둔다. 손가락 발가락이 쪼글쪼글해질 때까지 물속에서 나오지 않는다.

시를 쓰지는 않지만 여전히 시집을 읽는다. 한 번에 많은 시를 읽지 않으려고 노력한다. 시는 이상하게도 많이 읽을수록 한 편 한 편에 대한 감상은 옅어진다. 작은 입욕제에 물을 많이 탄 것처럼. 그래서 한 편을 천천히 낭독하며 읽는다. 애인 2와 헤어진 후에도 그와 함께하면서 생긴 습관은 아직 나의 일부로 남아 있다. 아마 내 습관의 일부도 그에게 여전히 묻어 있지 않을까.

그 덕분에 나는 '김반장과 윈디시티' 노래를 자주 듣게 되었다. 그 노래를 들으면 7080 감성이었던 그가 생각난다. 그도 어쩌면 김연우의 〈바람, 어디에서 부는지〉를 들으면 내 생각이 날

지도 모른다. 비 마이너 코드를 연습한다고 일주일 넘게 그 곡만 쳐댔으니, 이젠 그 노래 전주만 들어도 진저리를 치려나. 밤만 되면 한 시간씩 기타를 쳤던 여자친구를 기억하려나.

누군가를 좋아하면 그 사람을 닮게 된다. 누군가와 같이 살아도, 그 사람이 자꾸 묻는다. 어떤 말에 대답하기 전에 '말하자면' 이라고 덧붙이는 습관이 묻고, '이를테면'이라고 예를 드는 말버릇이 묻는다. 그 사람이 일요일마다 늦잠을 자면, 곁에서 같이 게으름을 피운다. 차를 좋아하는 그 사람이 집에 온갖 차 종류를 들여놓으면, 녹차나 홍차밖에 몰랐던 나도 세 번째 우린 녹차 맛을 겨우 가늠할 수 있게 된다. 누군가의 개그에 웃는 타이밍이 닮는다. 그러다 보면 웃는 모습도 비슷해진다. 그러니 곁에 누군가를 둔다는 건, 언젠가 내 모습이 그 사람과 비슷해져도 괜찮다고 말하는 걸지도 모른다.

스무 살도 되기 전, 숯불갈빗집에서 아르바이트를 같이했던 친구는 남자친구와의 백일 선물을 사기 위해 주말마다 그곳에 나왔다. 그날 번 돈을, 그날 다 써버리는 우리와 다르게 일 끝나고 치맥(응?)도 안 하러 갔다. 그녀가 열심히 모은 돈으로 백일 선물을 사기도 전에 남자친구에게 차여서, 같이 아르바이트를 하는 친구들이 퍽 걱정을 많이 했다. 우려와 다르게 어차피 못 쓰게 된 돈, 노래방을 쏘겠다고 말하는 그녀를 따라 쫄래쫄래 좇아갔다가 고유진의 〈걸음이 느린 아이〉를 부르며 오열하던 그녀가 생각난다. "한 번씩 네가 생각날 때마다 그리워질 때마다 넋나간 듯 멍해지곤 해 그럴 때면 온통 보이는 것마다 달려오는 것마다 너의 모습." 정말 자기 노래라며, 자기가 걸음이 느린 아이였다고(보통 반대로 생각하지 않나?) 통곡을 하던 그녀는 잘 지내고 있을까? 지금도 〈걸음이 느린 아이〉를 들으면 10년 전 사귀었던 그때 그 남자친구 생각을 할까?

누군가와 헤어졌다고 해서, 혹은 누군가가 이 세상 사람이 아니라고 해서 그 사람이 완전히 사라지지는 않는 것 같다. 어떤 노래로, 말버릇으로, 녹차 향이나, 하겐다즈 스트로베리 맛으로, 목욕탕의 뿌연 김으로 남는다. 그런 게 모여서 또 내가 된다. 그러니 '영원히 행복하게'가 아니어도 괜찮다.

세
번
째
괄
호

날 만나지 않았더라면,
넌 더 잘 살았을까

신혼부부 사기단

~~~

"걱정할 거면 돈으로 주세요."

그 말이 정말 실현되었더라면 어땠을까? 그 돈을 긁어모아 반포 자이는 아니더라도 연희동 대우아파트 정도는 살 수 있지 않았을까? 침을 꿀꺽 삼키며 돈방석에 앉을 나를 상상해 본다. 서른을 훌쩍 넘겼는데도 족두리를 쓸 생각을 하기는커녕 이 사람 저 사람과 연애'질'이나 하고 다니는 탕녀에게 쏟아질 걱정, 그 지폐를 생각해 보라! 한 놈 두시기 석 삼 너구리 오징어 육개장 칠면조 팔보채. 자본주의 만세다.

가끔 애인과 나의 동거에 대해 어디까지 밝혀야 하나 고민이 든다. 가까운 사람들이야 딱히 알리지 않아도 자연스럽게 알게 되지만, 적당히 거리가 있는 사이에서는 굳이 내 사생활을 떠벌리고 싶지 않다. 그건 동거가 부끄러워서가 아니다. 내 직업을 시시콜콜 털어놓거나, 직장에서의 문제에 대해 떠벌리고 싶지 않은 것과 비슷하다. 우리 집 숟가락 개수도 알리고 싶지 않지만, 사실 이웃집 숟가락 개수도 궁금하지 않다. 그저 그 집이 가정 폭력 없이, 아동 학대 없이 무사한 것을 알았으면 되었다. 이웃끼리 인사조차 하고 지내지 않는 삭막함이 문제라 하지만, 상대의 숨결이 느껴질 정도의 가까움보단 손을 뻗어도 닿을까 말까 한 먼 거리가 좋다.

애인 1과 함께 살기 위해 집을 보러 다닐 때마다 부동산 사장님들은 물었다. "신혼이신가 봐요?", "결혼한 지 얼마나 되셨어요?", "전세금은 누가 해주시는 건가요?"

그럴 때면 애인과 나는 서로의 눈치를 봤다. 이걸 뭐라고 답하지? 사실대로 설명하기엔 말이 길어질 것 같아 귀찮고, 대충 둘러대자니 서로 입이 안 맞아 쓸데없는 의심을 살 수도 있었다. 그럴 때면 둘 중 먼저 입을 떼는 사람이 알아서 대답하곤 했다.

"예. 신혼이요.", "그냥 한두 달 되었어요.", "아내가 모은 돈으로 합니다."

그런 말이 그래서 예식은 어디서 올렸냐느니, 그럼 지금은 각자 어디서 지내고 있냐느니 하는 대화로 이어지지 않으면 다행이었다. 부동산 투어는 한두 시간 정도 걸리기 마련이라 대화는 자주 이어졌다. 거짓말 하나를 들키지 않기 위해선 열 개의 거짓말이 필요하다더니. 귀찮음을 피해서 대충 둘러댔다가 사실을 설명하는 것보다 더 많은 품이 들었다.

누군가에게 해가 되지 않는 거짓말이지만 당황스러운 일이 생길 때도 있었다. 애인 2와 함께 살 때, 우리는 집 앞 카페에 자주 가곤 했다. 그러다 카페 아르바이트생과 안면을 트게 되었다. "근처 사시나 봐요?", "네, 바로 앞에 살아요.", "아, 신혼부부신가 봐요?", "네, 뭐. 그렇죠."

애인 2와 헤어지면서 나는 자연스럽게 그 카페에도 가지 않게 되었다. 문제는 애인 3과 간 다른 카페에서 그 아르바이트생을 만난 것. 그도 자리를 옮겨 다른 카페에서 일을 하고 있었다. "와, 오랜만이에요!", "잘 지내셨어요?"

우리는 서로 반가웠지만, 나는 애인 3의 손을 잡고 있었다. 두둥. 이 복잡한 상황을 어떻게 설명해야 하지? 아르바이트생은 나를 불륜녀로 생각할지도 몰랐다. 혹은 〈아내가 결혼했다〉처럼 그냥 남편이 두 명 있는 사람이라고 생각할지도. 남편을 소개한 여자가 웬 다른 남정네 손을 덜렁 잡고 나타났으니 아르바이트생도 머릿속으로 꽤나 여러 생각을 했을 법했다. 에라, 모르겠다. 일단 그를 소개하는 게 덜 어색할 것 같았다. "이쪽은 제 남자친구예요.", "네? 결혼했다고 안 하셨어요?"

순간 어리둥절한 표정의 애인 3. 저 눈치라고는 코빼기도 없는 아르바이트생 같으니라고. 쟤는 모텔에서 일해도 단골들한테 "오늘은 다른 분하고 오셨네요?"라고 물어볼 상이다. "아뇨, 그때는 다른 남.자.친.구.였죠.", "아닌데? 결혼했다고 하셨는데?" 이 정도면 눈치가 없는 게 아니라 전 남자친구가 나를 음해하기 위해 파견한 스파이라고 해도 믿을 정도다.

"아니요. 결혼 안 했어요." 아무리 사람 좋은 애인 3이라고 해도 화가 날 법한 포인트였다. 아르바이트생은 여전히 알 수 없다는 표정으로 계산을 해줬다. 저 사람, 대체 뭐가 문제지? 애인 3은 다행히 그런 상황을 이해해 줬다. 우리도 같이 살면서 때때로 누군가에게 결혼했다고 둘러댄 적이 있었기 때문이다.

평균적인 삶을 살지 않으면 피곤한 에피소드가 생긴다. 모든 곳에서 나를 증명하고 논증할 필요도 없지만, 해명하지 않아서 생기는 오해들은 여전히 많다. 혹여나 동거를 하는 커플이라면 카페 아르바이트생을 조심할 것. X맨이 당신의 지금 애인 옆에 서 "애인이 바뀌었네?"라고 해맑게 소리칠지도 모르니.

한 사람을 사랑하면
전 세계가 내게 온다기에

~~~

우리 동네에 '나의 나타샤와 흰 당나귀'라는 카페가 있다. 애인 3과 동네 산책을 하다 카페 앞을 지났다. 나는 그에게 시인 백석과 기생 자야의 사랑 이야기를 들려주었다. 가난한 백석이 아름다운 자야를 사랑해서 눈이 푹푹 나린 이야기. 백석과 자야는 사랑하는 사이였지만 백석 부모의 반대가 심했다. 백석은 결국 부모님이 정해준 여자와 결혼한다. 백석과 자야는 그 후에도 몇 번이고 만남과 헤어짐을 반복했다. 기생이었던 자야는 후에 커다란 요정의 주인이 되고, 1955년 법정 스님에게 대원각을 보시했다. 이 절이 길상사다. 자야의 원래 이름은 김영한. 자야라는 이름은 백석이 지어주었다. 이 낭만적인 사랑 이야기를 해주며 내게도 원래 이름인 만춘이 대신 새로운 이름을 붙여달라 했다. 물리학 공부만 10년이 넘게 한 '본 투비 이과'인 그가 내놓은 이름은 이랬다.

애인 3: 힉스.

만춘: 힉스? 발음이 이상해. 그게 뭐야?

애인 3: 양자역학 표준 모델에서 대칭성을 정의할 때 쓰는 입자인데. 입자 물리학에서 아주 기본적인 입자야.

만춘: 왜 그런 이름을 내게!

애인 3: 힉스가 얼마나 대단한 입자인데!

만춘: 나도 '자야'처럼 예쁜 이름을 지어 달라고!

애인 3: 예쁜 것보다 더 좋은 이름이야!

뼛속까지 이과 남자와 연애를 하면 '힉스' 같은 애칭을 갖게 된다. 다사다난한 연애 중에 가장 참신하고 희한한 애칭이었다. 그는 연애도 참 '이과적'으로 했다. 어느 광고에 나온 대로 "인생은 속도가 아니라 방향이래"라고 말하면 "속도가 아니라 속력이라고 말해야지"라고 수정하는 게 이과생이랄까. 인터넷에 돌아다니는 짤방처럼 '눈이 오면'이라고 말하면 '봄이 온다' 대신 '물'이라고 대답하는 이과생. '염소'라고 하면 '음메' 대신 화학 기호 'Cl'를 생각하는 이과생. '흙土 자'를 보여주면 플러스마 이너스 기호라고 생각하는 이과생.

만춘: 네가 화장실 청소할 차례야. 변기 더럽더라.

애인 3: 내가 논문에서 읽었는데 말이야. 세제를 많이 쓸수록 화장실은 더 더러워진대.

만춘: 그게 무슨 말도 안 되는 소리야?

애인 3: 미생물이 자연적으로 분해되어야 하는데, 세제를 쓰면 더러운 걸 분해하는 것들마저 죽는대. 매일 청소를 하지 않는 이상, 세제를 쓰는 게 더 안 좋을 수 있다는 이야기지.

만춘: 알았고, 그래서 청소는 언제 할 건데?

말이 되지 않는 이야기를 말이 되게 하는 것이 그의 신박한 재주였다. 그래도 그런 점이 좋았다. 남들이 보면 제 논에 물 대기라고 생각할 만한 논리였지만, 자기가 손해 볼 만한 상황에서도 논리적인 주장이라면 받아들였다. 무엇보다 놀라운 점은 그를 논리적으로 설득하기만 한다면, 마치 컴퓨터처럼 그의 행동이 수정된다는 것이었다. 물론 그 지점까지 이르기 위해서는 길고 긴 토론이 전제되어야 했다. 우리는 자주 일상의 사소한 문제들로 '다툼'이 아니라 '토론'을 벌였다.

만춘: 요리도 많이 안 하면서 왜 그렇게 계량컵을 사?

애인 3: 계량을 해야 맛이 더 나아지도록 측정할 수 있거든.

만춘: 그냥 숟가락이나 물컵으로 재면 안 돼?

애인 3: 정확하지 않아서 안 돼.

만춘: 정확해야 해?

만춘: 황사가 심하대. 마스크 쓰고 나가.

애인 3: 이런 마스크로는 어차피 미세 먼지를 차단할 수 없어.

만춘: 그래도 뉴스에서는 쓰라던데.

애인 3: 미세 먼지를 차단하려면 분집포집효율이 80퍼센트는 되어야 하는데 말이야.

만춘: 아우, 알았어. 그냥 나가.

이제까지 한 번도 이과생과 연애를 해본 적이 없던 터라, 그의 이런 사고방식에 적응하는 데 시간이 좀 걸렸다. 의외로 내가 이과생과 꽤 잘 맞는다는 것도 알게 되었다. 논리적이고, 직접적인 대화법이 좋았다. 은근한 애정 표현을 낯간지러워하고, 대화할 때 공감하기보다는 해결책을 제시하는 화법을 가진 내게 딱이었다.

그는 선물도 실용적인 전자 제품을 보냈다. 인테리어에 관심이 많은 나는 집에 앤티크한 조명을 두는 걸 좋아했다. 동으로 만든 촛대 위 노오란 조명 밑에서 어두침침하게 있는 게 좋았다. 썸을 타는 동안 우리 집에 몇 번 와본 그가 한 선물은 삼성에서 나온 하얀색 스탠드였다. 조명의 강도를 7단으로 조절할 수 있었고, 조명의 색을 세 개로 바꿔 설정할 수 있었으며, 핸드폰 무선 충전이 되는 데다 각도도 자유롭게 조정할 수 있는 기능성 스탠드였다. 한눈에 봐도 비싸 보였다. 그렇지만 실용성보다는 무용한 예쁨을 사랑하는 내게 그 독서실 스탠드같이 생긴 선물은 당황스러웠다. 형광등의 하얀 조명이 싫어서 혼자 사는 집의 모든 하얀 등을 빼버린 버린 내가 아닌가.

그가 다음으로 한 선물은 집 밖에서도 집의 공기 상태를 알수 있는 공기 청정기였다. 이름을 부르면 공기 청정기가 알아서 대답을 하고, 필터의 상태도 보고했다. 황사가 대한민국을 덮을 때에도 콜록거리며 그냥 살았던지라, 이 실용적인 선물이 반가웠다. 그렇지만 심각한 기계치인 내가 와이파이를 연결해 집안 미세 먼지 농도를 밖에서 실시간으로 확인할 수 있을 리 없었다. 그는 나를 위해 핸드폰과 공기 청정기를 연결해 주고, 공기 청정기에 흰둥이라는 이름도 지어주었다.

그와 함께 사는 동안 우리 집에는 앤티크한 분위기와 어울리지 않는 소품이 늘었다. 혼자 살 때 우리 집은 전자 제품이 거의 없는, 오래되거나 직접 만든 가구들이 대부분인 곳이었다. 그와 함께 산 후로는 기능이 많은 독서실 스탠드, 이름을 부르면 미세 먼지 농도를 알려주는 최신 공기 청정기, 요리할 때 알람을 울려주는 시계가 생겼다. 내장이 다 드러난 오래된 노트북은 맥으로 바뀌었고, 마우스 대신 터치 패드를 쓰게 되었다. 나도 인정하게 되었다. 그가 설치를 도와준 온갖 최신 기기 덕분에, 확실히 나는 더 편해졌다. 그는 내 컴퓨터를 포맷해서 빠르게 바꿔주고 산책할 때 몇 걸음을 걸었는지 기계로 측정해 주었다. 같이 살면서 집에 그의 흔적이 조금씩 늘었다. 전혀 다른 두 사람의 취향이 조금씩 섞였다.

저녁에 집에 돌아오면 각자의 침대에 누워 책을 읽었다. 나는 주로 좋아하는 작가의 신작 소설을 읽었고, 그는 알 수 없는 문자로 된(영어로 된 책이었지만 실상 수식이 대부분이었으므로) 물리학 논문을 읽었다. 그의 세계가 나와는 너무나 다르다는 점, 그가 읽고 있는 책을 나는 단 한 페이지도 이해할 수 없다는 점, 내가 아마도 영원히 알지 못할 분야에서 그가 상당한 수준의 전문가라는 점이 좋았다. 내가 알지 못하는 세계를 정복한 사람이라는 게 날 설레게 했다. 그를 통해 난 이과적(?) 방식으로 세상을 보는 법을 조금씩 알게 되었다. 아마 그도 마찬가지였을 것이다.

한 사람을 사랑하면, 그 사람을 통해 세계를 이해하게 된다고들 한다. 어쩌면 세계를 이해하기 위해서는 누군가를 사랑하는 일이 필수적일지도 모른다. 이과생. 정말 다른 별에서 온 사람을 사랑한 덕분에, 나는 세계를 조금 다르게 보는 법을 배웠다. 부디 그도 그랬다면 좋겠다.

내가 좋은 애인이 아니라는 걸
알게 되었네

~~~

누구에게나 괴짜 이모쯤은 한 명씩 있기 마련이다. 이모가 아니라면 삼촌이라도, 그것도 아니라면 이모라고 부르는 아는 언니 정도라도. 내 삶에서 한 걸음 떨어져 있지만, 그럼에도 가끔 내가 손을 뻗으면 잡아주는 존재. 이모란 모름지기 가끔 삶의 비밀을 툭툭 조카에게 떨궈주기 마련이며, 그 비밀은 나를 지나치게 아끼는 어른들 입에서는 나오지 않는 것들이 대부분이다. 내게도 그런 이모가 있다. 우아한 말로 하면 '이민자 연구소', 직접적인 말로 하면 '해외 인력 사무소', 좀 어둡게 말하자면 '브로커', 진짜 쌈마이로 나가자면 '사람 장사' 하는 이모다. 이모의 막

무가내식 사업 벌이기와, 배려를 장롱에 두고 오는 습관 덕분에 나는 종종 한밤에 일어나서 전화 통역을 하거나, 외국인 노동자 대신 며칠간 식당 서빙을 대신하기도 했다. 그래도 나는 이모가 좋았다. 고상한 엄마와는 다르게 이모는 늘 어딘가 좀 빈틈이 있었고, 그 빈틈으로 날것의 삶이 새어 나왔기 때문이다. 이를테면 이런 말들. "그 사람이 가진 돈이 아니라, 평생 동안 쓴 돈만 진짜 그 사람 돈이야. 백억 빌딩을 가졌어도 평생 백만 원만 썼으면 그 사람은 백만 원어치 돈만 가졌던 거야. 그러니까 돈 좀 쓰고 살아도 괜찮아."

둘째 이모의 이혼으로 다 같이 이혼 기념 여행을 떠날 때 이모가 한 말이다. 그때도 이모들의 부름을 받아 강릉으로 향하는 차 운전대를 내가 잡게 되었다. 차에 타자마자 이모는 돈을 많이 써야 한다며 현금 백만 원을 뽑은 봉투를 흔들어 보였다. 봉투 안에는 진짜 만 원짜리가 백 장 들어있었다. 이모가 카드를 흔들었더라면 그 말의 효과는 그보다 덜했으리라. 이모는 쇼맨십을 아는 여자였다.

그녀가 남긴 어록은 화려했다. "해, 말어 할 때는 일단 하는 거야. (후회하면 어떡해?) 후회도 한 놈이 하는 거야. 안 한 놈은 후회도 할 자격이 없어." 이모가 한 말들은 때로는 앞뒤도 안 맞왔다. 언젠가는 정치 같은 건 악마 놀음이라며 보지도 말아야 한다고 했다가, 다른 때는 나보고 국회로 갔으면 좋겠다고 했다. 내가 그런 말을 지적하면 "어머 내가 그랬니?"라며 호탕하게 웃고는 말았다.

이모: 만춘아, 결혼 안 할 거야?

만춘: 안 할 건데.

이모: 그래도 결혼은 해야지.

만춘: 이모는 다시 태어나면 이모부랑 결혼할 거야?

이모: 어머, 미쳤니. 그렇게 오래 살아놓고 뭘 또 같이 살아. 난 혼자 살 거야! 자유롭게 훨훨!

만춘: 근데 왜 나한테는 결혼하라고 해?

이모: 어머, 내가 그러네. 깔깔깔.

이모들은 때론 내게 결혼하기에 좋은 남자에 대한 의견도 늘어놓았다. 남자는 책임감이 있어야 한다. 책임감은 여유에서 나온다. 여유라는 게 무엇이냐. 안정성이다. 그렇다면 역시 안정적인 직장이 제일이 아니겠느냐 등등. 그리고 결혼하기 좋은 여자에 대한 의견도 늘어놓았다. 그 이상적인 여성상은 나와 늘 거리가 멀었다. 이모 덕에 나는 내가 같이 살기 괜찮은 여자인가 의문이 들 때가 많았는데, 대답은 주로 'No'였다.

내가 그렇게 괜찮은 동반자가 아니라는 생각은 본 투 비 이과생인 그와 남미 여행을 할 때 확신에 가까워졌다. 애인과 사귀기로 한 지 한 달이 채 되지 않아 우리는 남미 여행길에 올랐다. 아르헨티나, 칠레, 볼리비아, 페루, 콜롬비아, 멕시코, 쿠바 등을 거치며 70일 동안 함께 여행했다. 남미는 결코 쉬운 여행지가 아니었다. 스페인어를 모르면 여행하기 힘든 데다, 중범죄가 일어나는 위험 지역이 많았다. 소매치기와 사기꾼이 너무 많아서 긴장을 풀기도 어려웠다. 물가는 비쌌고, 고산증 때문에 걷기 힘든 지역도 있었다.

#1. 멕시코 칸쿤 공항

하바나로 가는 비행기를 타러 버스에서 내렸다. 여권을 꺼내려고 작은 가방을 뒤적거리다가 지갑이 없어졌다는 걸 알게 되었다. 지갑 안에는 우리나라 돈으로 2만 원이 조금 안 되는 페소와 멕시코로 들어올 때 잃어버리지 말라며 받았던 세관 서류가 있었다. 사실 나를 패닉에 빠뜨렸던 건 지갑 안에 있던 USB였다. 내가 여행하며 틈틈이 쓴 여행 일기를 모아둔 USB! 패닉에 빠져 공항 안을 마구 헤집으며 지갑을 찾아 나섰다. 누가 봐도 무언가를 잃어버린 동양인 여행자의 모습이었다. 그때 신분증을 목에 건 공항 직원이 돕겠다고 나섰다. 그는 공항 이곳저곳을 함께 헤매며 지갑을 찾아주었으나, 곧 나 때문에 비행기 이륙이 늦어진다며 자신에게 추가 요금을 지불해야 한다고 했다. 그때 애인이 직원에게 추가 요금은 비행기를 탄 후에 지불할 테니, 이제 그만 신경 끄고 갈 길 가라고 말했다. 후에 들었지만 그는 그 사람이 사기꾼인 걸 눈치챘다고 했다. 시간에 쫓겨 패닉에 빠진 나만 몰랐을 뿐.

#2. 콜롬비아 렌터카 대기실

애인이 렌터카 직원과 차를 기다리는 동안 나는 ATM기에서 직원에게 줄 돈을 뽑아오기로 했다. 여행하는 동안 예비로 준비해 둔 카드 세 장 중 두 장은 이미 내가 말아 먹은 후였다. 한 장은 칠레 공항 ATM기가 먹고 뱉질 않았고, 다른 한 장은 지갑을 잃어버릴 때 함께 없어졌다. 겨우 남은 한 장의 카드를 들고 ATM 앞에 섰는데, 이럴 수가. 비밀번호를 세 번이나 틀렸다. 그가 스무 번도 넘게 말해준 비밀번호였는데! 마지막 카드까지 말아 먹다니! 나 혼자 세 장이나 말아 먹다니!

여행하면서 나의 덤벙거림 때문에 그가 고생한 걸 생각하면 끝도 없다. 고된 여행을 함께 하면 서로에 대해 잘 알게 된다더니. 70일 동안 우리는 서로에 대해 정말 많은 걸 알게 되었다. 주로 나의 단점에 대해서. 그는 내 실수 때문에 우리가 함께 고생하는 동안에도 나를 탓한 적이 없었다.

고된 여행을 오랫동안 하면서 발견한 건 내가 스스로 기대했던 것보다 괜찮은 인간이 아닐 수 있다는 가능성이었다. 부에노스아이레스에서 택시 기사가 지나치게 높은 요금을 받았을 때, 그 일 때문에 나는 밤늦게까지 기분이 상해 있었다. 함께 여행하는 사람을 배려했더라면 이미 지나간 일쯤 떨쳐버리고 여행을 즐겼을 법도 한데 말이다. 칠레 아타카마에서 새벽에 길을 나섰을 때, 들개를 무서워하는 그를 겁이 많다며 타박했다. 연인이 무서워할 때 지켜주지는 못할망정! 스페인어를 못 하는 그가 나만큼 현지인과 잘 어울리지 못하는 게 못마땅했고, 그래서 통역을 드문드문 대충 해줄 때도 있었다. 여행하는 동안 그는 자주 아팠는데, 아픈 그를 두고 동네 마실을 나가기도 했다. 말할수록 못된 년일세!

상대에게 실망하는 건 쉬운 일이다. 내 마음속에서 멋대로 점수를 깎아버릴 수도 있고, 굽이굽이 접어 두었다가 한번에 불만을 토할 수도 있다. "우리는 어울리지 않아. 혹은 우린 잘 안 맞는 것 같아" 따위의 말을 뱉으며 관계를 정리할 수도 있다. 그렇지만 내게 실망하는 건 훨씬 대처가 어렵다. 일단 내가 부족한 인간이라는 걸 인정하기도 싫을뿐더러, 스스로에 의해 낮아진 자존감은 남들이 깎은 것보다 더 회복하기 어렵다. 그건 그 사람 곁에 머무르며 좀 더 나은 인간이 되려고 노력할 때만 괜찮아질 수 있는 문제일 것 같았다.

그렇다고 내가 여행이 끝난 뒤 참회하는 마음으로 그에게 헌신한 건 아니었다. 역시 아는 것과 행동하는 것 사이에는 너무도 깊고 큰 강이 흐르나 보다. 함께 여행하다 보면, 같이 살다 보면 상대와 우리의 관계도 잘 알게 되지만, 하나 더 알게 되는 것도 있다. 내가 어떤 사람인가 하는 것. 그리고 그건 기대했던 만큼 근사하지 않을 수도 있다. 그래도 괴짜 이모의 말을 받들어, 해? 말아? 했을 때는 일단 해보는 걸 선택하기로 한다. 그러다 보면 언젠가는 내가 기대했던 사람에 가까워질 수 있지 않을까. 그렇다면 애인에게 좀 더 괜찮은 사람이 될 수 있을 수도.

애인 어머니와 함께 한
1박 2일

~~~

우리나라에서 결혼 제도에 속하고 싶지 않은 이유를 꼽으라면, 아마 나는 필리버스터 기록을 세울 만큼 아주 오랜 시간 말할 수 있으리라. 일단 지나치게 엄숙하고 성스러운 결혼식이 내 몸을 배배 꼬게 만든다는 것부터 시작해 볼까. 유럽풍 예식장도 싫고, 결혼한 가족만 한복을 입는 것도 싫고, 아버지 손을 잡고 입장했다가 신랑 손에 넘겨지는 것도 싫고. 어쩌고저쩌고. 그런 이야기를 듣다 보면 차라리 집에 가서 프루스트의 《잃어버린 시간을 찾아서》를 읽으며 시간을 잃어버리고 싶어질지도 모른다. 그러니 일단 여기서는 간단하게 그 이유 중 꽤 많은 부분이 실은

'시가' 때문이라고 말해보자. 그렇다. 시가. 남편의 집. 시가의 어원은 시집온 여자가 새로운 어른들을 섬기며 사는 새로운 가문이라는 곳에서 왔으며, 새집–식집–시집으로 변한 것이다. 그 집이 이제 내 새로운 집이니 시가라고 부른다. 내 새로운 집이라니! 내 집은 나와 나의 애인이 있는 그 집이여!

이미 있는 내 가족을 사랑하기도 벅찬 나는, 얼굴 한번 본적 없는 새로운 가족을 사랑할 자신이 없다. 그러니 애인이 자신의 어머니가 우리 사는 곳을 한번 보고 싶다고 하셨을 때 내가 지레 겁을 먹은 것을 양해해 달라.

애인 3: 엄마가 서울 한 번 올라와 보고 싶다네.

만춘: 우리 집에?"

애인 3: 응, 어떻게 사는지 보고 싶으시다고.

만춘: 우리 결혼하는 줄 아시는 거 아냐?

애인 3: 아니라고 말했어.

만춘: 너가 말한다고 들으실까?

애인은 경상남도 출신. 애인의 보수적인 면을 고려했을 때, 그곳에서 평생을 산 그의 어머니가 결혼에 대해 갖는 생각이 어떨지는 짐작할 만했다. 혼기를 넘은 아들과, 역시 혼기가 꽉 찬 아들의 여자친구가(그와 나이 차이가 조금 났다) 식도 안 올리고 함께 지내는 걸 부처님 미소로 지켜볼 어머니가 얼마나 될까. 아들 눈치 보느라 말은 못 해도, 어쩌면 며느릿감이 될 이 참한(그렇다!) 색시에게는 한 마디쯤 건네도 괜찮다고 생각하지 않을까. 그렇게 말했더니 이 뼛속까지 이과인 남자가 답한다.

애인 3: 우리 엄마는 안 그래.

만춘: '누구누구는 안 그래'는 자기 자신한테도 붙이는 게 아니야. 우리는 통계 속 인간이라고.

애인 3: 우리 엄마 한 번도 만나본 적 없지?

만춘: 없지.

애인 3: 그럼 데이터가 하나도 없는데 엄마가 그럴 거라는 걸 어떻게 알아? 그거 편견이야.

만춘: 아이고, 이 이과생아.

'우리 엄마는 안 그래'는 '우리 개는 안 물어'와 '우리 아들이 안 때렸어'와 마찬가지로 금기어가 되어야 한다. 나이가 먹을수록 안 하게 되는 말 중에 '내가 그럴 리 없지'도 있지 않나(대학로 한복판에서 애인과 고래고래 소리를 지르며 싸운 이후로, 나는 나를 안다고 자부할 수 없게 되었다). 여하튼 사랑하는 사람이 사랑하는 사람을 편견으로 보지 않기 위해, 나는 그의 어머니를 기꺼이 우리집에 초대했다.

그의 어머니를 만나기 전날, 별생각 없이 미용실에 가서 오랫동안 벼르던 머리를 했다. 그런데 하고 나서야 아차 싶었다. 그 머리가 히피펌이라는 게 문제! 폭탄 머리, 푸들펌으로도 불리는 히피펌은 정말 머리를 히피처럼 만든다. 내 머리는 한 90도 정도로 부풀어 올랐다. 그날따라 미용사가 실력이 어찌나 좋은지 정말 1년은 다시 미용실에 가지 않아도 될 정도로 빠글빠글하게도 볶았다(정말 1년 반 동안 미용실에 가지 않아도 되었다). 처음부터 이렇게 강렬한 인상을 줄 생각은 아니었는데! 힙한 흑인 언니의 느낌! 속사포 랩을 할 것 같은 느낌적인 느낌! 나는 흑인 래퍼가 되어 부풀어 오른 머리를 이고 그의 어머니를 마중 나갔다.

어머니는 과묵하고 온화한 분이셨다. 처음 만나는 자리라 그런지 옷도 곱게 차려입으시고, 화장도 예쁘게 하셨다. 그럴수록 나는 내 머리가 마음에 걸렸다. 우리는 집에 와서 차를 마시고 점심을 먹으러 번화가로 나섰다. 어머니가 집에 머무르신 시간은 고작해야 30분 남짓. 그동안 어머니는 거실에 앉아 방도 안 둘러보고, 테라스에도 안 나가보고, 심지어 화장실조차 안 가셨다. 어려운 사람 집에 온 것처럼 거실 소파에만 다소곳하게 앉아 계셨다.

그뿐일까. 식사를 마치고 간단하게 쇼핑을 하고 서울 타워를 한 바퀴 돌아볼 때까지, 심지어 호텔에 바래다 드리고 문을 닫는 순간까지, 어머니는 내게 단 한 마디의 질문도 하지 않으셨다. 내가 들을 것이라고 예상했던 그 수많은 질문. 부모님은 살아 계시니. 형제자매는 어떻게 되니. 그들은 결혼을 했니. 고향이 어디니. 직업이 뭐니. 대학은 어디 나왔니. 나이가 몇이니. 심지어는, 그래 심지어는 이름조차 묻지 않으셨다!

어머니의 다정한 태도를 미루어 짐작하건대, 그녀가 궁금하지 않아서 물어보지 않은 것은 아닐 터. 아마도 첫 만남에 그런 질문을 던지는 게 실례라고 생각하신 것 같다. 나는 정말 괜찮았는데. 다 물어보셔도 되었는데. 업무차 몇 번 만난 회사 대표조차 내가 나온 대학을 묻는데. 엘리베이터에서 만난 옆집 아저씨조차 내 직업을 묻는데. 샤부샤부 집 사장님조차 내가 몇 살이냐고 묻는데. 아들 여자친구에게 그런 걸 묻는 것조차 망설이시는 것 같아 내가 다 마음이 좋지 않았다. 후에 들으니, 꼬치꼬치 캐

묻지 말라는 아들의 조언을 들으신 것 같았다. 아니면 역시 나의 우주를 폭파시킬 것 같은 머리 스타일 때문이었을까.

나는 다음날 점심까지 그의 어머니와 함께했다. 어머니는 길을 걷다가 예쁜 꽃이 있으면 자리에 멈춰서 사진을 찍는 평범한 대한민국의 아주머니였고, 주민 센터에서 배운 아트 라테를 어설프게나마 흉내 낼 줄 아는 감성적인 여자였다. 떠나면서 그의 어머니는 내 손을 꼭 잡고 아들을 잘 부탁한다고 하셨다. 나는 괜히 안쓰러운 마음이 들었다. 애인은 왜 자기 어머니한테 좀 더 잘하지 않을까 싶기도 했다.

안 그래도 가끔 애인에게 그런 말을 했다. 집에서 네가 공부하는 동안 뒷바라지 한걸 생각하면, 넌 정말 집에 잘해야 한다고. 경상도 출신의 이과 남자가 그렇듯 애인은 가족에게 연락도 잘 하지 않고 무뚝뚝했다. 역시, 부모에게 잘하는 건 딸들인가! 그렇다고 내가 효도를 대신해 줄 수는 없었다. 말했듯이, 우리 부모님에게 해야 할 효도만으로도 벅차다.

어머니가 떠나시고 나는 애인에게 편견을 가졌음을 고백해야 했다. 어머니는 우리에게 결혼을 하라고 독촉하지도, 나를 벌써 가족 취급하지도 않았다. 물론 이 이야기를 들은 내 친구는 "한 번 본 것은 빙하의 수면 위 모습, 그것도 그중 1퍼센트만 본 것이다"라고 경고했지만, 첫인상이란 건 얼마나 중요한가.

그럼에도 불구하고 나는 그 후에도 애인을 따라 그의 고향에 함께 간 적이 한 번도 없다. 사실 그의 고향을 보고 싶기도 하고, 그가 지내던 방에서 졸업 사진을 뒤적거려보고 싶기도 했다. 그래도 그런 행동들이 우리나라에서 의미하는 바(곧 결혼을 할 예정이다)를 알기에 괜히 오해를 만들고 싶지 않았다. 그런 오해가 없는 게 확실했더라면, 나는 분명히 그의 집에서 어릴 적 사진을 보며 그의 어머니와 킬킬거렸을 것이다.

남들과 조금이라도 다르게 늘 설명을 요구받는다. 그런 요구를 받는 건 나뿐만은 아니다. 부모님 친구들과 농담 따먹기 하는 걸 좋아하는 나는, 종종 부모님의 계모임 따위에 끼곤 하는데 그럴 때마다 그들 세계가 지금 젊은 세대의 세계와 얼마나 다른지 목격하곤 한다. 부모님 친구들은 정말 악의 없이, 나의 삶의 방식에 대한 해명을 나뿐 아니라 나의 부모님에게도 요구한다. 그런 태도가 당연했던 시대에서 오랫동안 살았던 탓이다.

아마 내 애인의 어머니도 그런 상황에 종종 처하지 않을까. 그럼에도 아무 말 하지 않기까지는 얼마나 힘들었을까. 내가 도와줄 수 있는 것은 없었지만, 가끔 침대에서 뒤척거릴 때면 그런 생각이 들었다. 그러나, 여전히 나는 여기까지다.

나는 자연인이
되기 싫다

~~~

언젠가 어떤 트로트 가수가 예능에 나와서 이렇게 고백한 적이 있다. 결혼한 지 7년이 넘었지만 남편 앞에서 생얼로 있기까지 오랜 시간이 걸렸다고. 그녀의 트레이드마크는 길게 빼서 그린 아이라인이었는데, 그 아이라인을 그리지 않고서는 남편 앞에 서기가 힘들었다고 했다. 남편이 언제 올지 몰라서 아이라이너를 집안 곳곳에 두었단다. 주방 싱크대 옆에도, 화장실 샴푸 앞에도, 서재 컴퓨터 자판 뒤에도! 과연 그녀 남편도 비비 크림을 지우지 않고서는 그녀 앞에 설 수 없을 정도로 코르셋 안에서 살았을까는 모를 일이다. 어쨌든 그 이야기가 참 내 이야기 같았다. 나에게도 그녀의 아이라인 같은 것이 있었다.

처음 애인과 같이 살기 시작할 때는, 매 순간마다 큰 결심이 필요했다. 화장을 지우는 것도, '신문 방송학'이라고 크게 적힌 10년도 더 된 티셔츠를 입는 것도, 원숭이 캐릭터가 그려진 팬티를 방안에 너는 것도 어려웠다.

차츰 집안에서 내 안의 자연인이 움츠러들었다. 자연인이란 무엇인가. 자연인은 집안에서 목이 해지고 늘어난 낡은 티셔츠를 입는다. 아무리 좋은 잠옷을 사준다고 해도 늘어지고 구멍 난 그 옷처럼 내게 편안하지 않다. 바지는 입지 않는다. 푸우가 바보라서 윗도리만 입고 다니는 게 아니다(그 증거로 푸우는 베스트셀러도 썼다). 머리는 앞머리까지 쓸어 올려 뒤로 질끈 묶어야 한다. 뒤로 묶은 머리에 뽕을 넣거나 자연스러운 척 잔머리를 내릴 필요도 없다. 패션 잡지에서는 '자연스럽게' 묶으라고 하지만, 자연스러움이란 무릇 그냥 뒤로 빡세게 묶는 거다. 금요일 퇴근 후 집에 들어가서 월요일 아침까지 씻지 않는다고 해도 그 머리 스타일이면 거뜬하다. 예로부터 하루 종일 집에 머물 거면 세수도 말라는 현인들의 조언이 있었다. 믿거나 말거나. 집에 있을 때 렌즈 빼고 안경을 쓰는 건, 문명인이라면 팬티를 입어야 한다는 말만큼이나 당연한 일이다.

일주일에 하루 정도 애인과 함께 잔다면 나도 잠자는 숲속의 공주처럼 새침을 떨 수 있다. 애인이 깨기 전에 일어나 화장실에서 가글로 냄새를 없앨 수 있다. 비비 크림은 아침 햇살 밑에서는 티가 날 수 있으므로 씨씨 크림으로 원래 피부가 좋은 척해야지. 렌즈를 끼고 원래 눈이 초롱초롱한 척해봐야겠다. 아로마 향이 나는 보디로션을 목과 어깨에 발라야지. 좋은 향이 난다고 하면 당연히 모른 척해야 한다! 그게 내 살냄새라고 착각할 수 있도록! 그 모든 과정을 5분 안에 마치고 자연스럽게 침대로 다시 기어 들어간다. 애인이 몸을 뒤척이며 일어나면, 나도 그제서야 눈을 뜬 듯 그를 바라본다. "어머, 벌써 일어나 있었어?"

동거하면 풀 보정한 뽀샤시 사진 같은 이런 장면은 기대하기 힘들다. 왜냐? 왜긴 왜야. 그 정도로 부지런하지 못하니까 그렇지. 애인보다 먼저 일어나는 것도 한두 달이고, 잠자는 숲속의 공주인 척하는 것도 하루이틀이다. 공주인 척은 못 하겠고, 숲속은 원래 아니어서 그냥 '잠자는'만 남는다. 불편하고 귀여운 잠옷을 한 달쯤 입다 보면, 넝마에 가까운 원래 잠옷이 그리워 잠도 안 온다. 애인과 함께 사는 시간이 길어질수록 나는 하나둘 갑옷을 내려놓았다.

가장 먼저 내려놓은 갑옷은 역시 메이크업이었다. 원래도 곰손이라 화장을 제대로 하지 못해서 사실 하나 마나 한 화장이었다. 그다음으로 내려놓은 건 잠옷이었다. 그것도 나름대로 단계가 있어서, 귀엽고 갑갑한 잠옷을 벗고 푸우처럼 바지를 벗기까지는 1년에 가까운 시간이 걸렸다. 렌즈 빼기부터는 좀 고비였다. 머리를 뒤로 질끈 묶는 건 아직 누구에게도 해보지 못했다. 집안에서도 코르셋을 다 벗지 못하다니. 자동차가 날아다녀도 이상하지 않은 2020년에!

희한하고 억울하고, 그러다가 짜증나고 또 그러다가 분해지는 점은 내 남자친구들에겐 그런 과정이 없었던(적어도 없는 것처럼 보였던) 점이다. 한잠 푹 자고 일어난 사람의 얼굴이 스노우 앱으로 찍은 것처럼 화사해 보이려면 한 사람이 유전자의 축복을 받고 태어나거나, 다른 한 사람의 시력이 마이너스여야만 한다. 안타깝게도 나도, 남자친구들도 그런 케이스가 전혀 아니었다. 그런데 왜 그들은 그다지도 당당했던가. 라면 때문에 띵띵 부은 얼굴로 일어나도 왜 그렇게 자신 있어 했던가. 불룩 나온 배 때문에 티셔츠가 자꾸 배 위로 말려 올라가는데 어째서 아무렇지 않아 했던가.

생긴 것 그대로의 자신을 당당하게 드러낼 수 있었던 건 아마 그래도 내가 자신을 사랑해 줄 거라는 믿음이 있었기 때문인 것 같았다. 그건 내가 사랑 표현을 적극적으로 해서라기보다, 외모 때문에 자신을 버리지는 않을 거라는 믿음에서 오는 것 같다. 그리고 그런 믿음은 '남자에게 외모는 (여자보다) 중요하지 않아' 라는 사회적 편견과 귀납적 학습에서 오는 것 같다. 좋은 믿음이 다. 누구나 그런 믿음을 가질 수 있다면 좋겠다. 남자뿐 아니라 누구나. 이를테면 나조차도.

남자친구의 꾸미지 않는 모습이 가끔 아쉬울 때는 있었지만, 그것 때문에 애정이 식은 적은 없었다. 그렇다면 그들도 마찬가지지 않았을까? 나는 누구 때문에 푸우처럼 윗도리만 입고 다니지 못한 건지. 왜 때마다 항의하듯 올라오는 털을 열심히 밀었던 건지. 겨울에 발뒤꿈치 각질을 그렇게 열심히 없앴던 건지.

지금도 애인이 출장을 가거나 여행을 떠나서 집에 없을 때면 나는 '진짜' 자연인으로 돌아간다. 자연인을 10점으로, 코르셋 풀 장착을 0점으로 둔다면 내 평균값은 요즘 7점 정도에 있다. 부모님과 함께 있을 때면 9점 정도다. 나를 세상 밖으로 꺼내준 이 앞에서도 10점으로는 잘 못 있겠다. 누군가는 아내가 여행을 떠나면 밤새 게임을 한다고 하고, 다른 누군가는 남편이 출장을 가면 친구들과 술을 마시러 간다고 하지만 나는 집에서 혼자 자연인 놀이에 심취한다.

아, 혼자 사는 건 이래서 좋은 거였지.

티셔츠에 팬티만 입고 떡진 머리를 한 채로 치킨을 시켜 먹는다. 오늘 하루는 절대 씻지 않겠다고 다짐한다. 책은 덮어두고 넷플릭스를 켠다. 이것이 방탕한 삶인가 싶다. 언젠가 애인과 10점인 상태로 함께할 날이 올까? 글쎄. 그런데 이상하게도 그러고 싶지가 않다. 그냥 7점 정도까지만 자연인으로 있고 싶다.

어머니는 말하셨지,
사업만큼은 같이 하지 말아라

~~~~~

토요일 오전 10시. 그때만큼은 텔레비전 리모컨을 탐내지 말아야 한다. 〈걸어서 세계 속으로〉가 나오기 때문이다. 한국의 다른 엄마들이 그렇듯, 우리 엄마도 그 교양 프로그램의 팬이다. 소규모의 촬영진이 카메라를 들고 세계 곳곳을 다니는 모습을 보는 게 참 좋은가 보다. 뉴욕이나 베를린과 같은 큰 도시를 가기도 하지만 후아히네섬, 차강 소브라가, 과들루프처럼 듣도 보도 못한 지역에 가기도 한다. 엄마와 나는 거실에서 이불을 덮고, 끝도 없이 이어지는 우유니 사막과 사람보다 더 큰 코모도왕도마뱀을 보며 와아, 감탄한다. 언젠가 세계 3대 폭포로 꼽힌다

는 빅토리아 폭포를 보러 가야지. 갈라파고스 제도에 가서 가마
우지와 바다사자를 봐야지.

  새처럼 훨훨 날아다니는 게 꿈인 엄마가 가게를 하는 건 얼마
나 힘들었을까? 엄마는 내가 다섯 살이 되던 때부터 가게를 했
다. 그리고 딸이 서른이 훌쩍 넘은 지금까지도 그 가게를 지키
고 있다. 일주일에 한 번을 빼고, 30년이 넘게 같은 자리에 앉아
있다는 건 어떤 기분일지 감히 상상하기도 어렵다. 자유로운 엄
마가 가게를 하면서 난관이 하나 더 있었는데, 그건 바로 아빠였
다. 창문 너머로 보는 풍경과, 매일 얼굴을 보는 사람이 똑같다
는 건 얼마나 지겨운 일일까. 사람 좋아하는 아빠를 사장으로 앉
혀두고, 실질적인 사장 노릇을 하느라 더 힘이 들었으리라. 부부
가 같이 사업을 하면 어떤 점이 안 좋은지 나는 30년이 넘게 보
고 들었다. 아침 밥상에서부터 나오는 전날의 매출 이야기라니.
나는 일과 연애만큼은 분리하고 싶었다. 오죽하면 사내 연애도
하지 않으려 했을까(위험한 고비가 꽤 많았다).
  그렇게 30년 후, 엄마가 가게를 냈던 그 나이에 나도 애인과
함께 사업을 시작했다. 과연 인생은 멀리서 보면 희극이로구나.
사내 연애조차 질색하던 내가 함께 사는 애인과 사업을 같이 하

게 되다니. 나이가 먹는다는 건 나 자신에 대한 확신을 내려놓는 일인가 보다. 사업을 같이 하게 된 건 애인이 회사를 차리고 싶어 했기 때문이다. 남들이 부러워하는 회사를 때려치우고 나와 함께 세계 여행을 한 지 세 달(그렇다. 우리도 '퇴사 후 세계 여행족'이었다). 남미에서 자아도 깨달음도 찾지 못한 우리는 여행 후 일상에 돌입했다. 나는 직급을 높여 작은 회사로 옮겼고, 그는 직원을 한 명 두고 사업을 시작했다. 어차피 어디서 일해도 컴퓨터한 대면 상관없는 일이라, 그들은 자주 재택근무를 했다. 내가 회사에 있는 동안 우리 집에서 일하는 일도 흔했다. 때로는 집 앞 스타벅스에서, 가끔은 코워킹 플레이스에서. 디지털 노마드 생활에 지친 그가 어느 날 사무실을 얻어야겠다고 선언했다.

애인 3: 사무실을 얻어야겠어.

만춘: 두 명이 무슨 사무실이 필요해.

애인 3: 직원을 계속 떠돌게 할 수도 없고.

만춘: 코워킹 플레이스는 별로야?

애인 3: 나 혼자 운영하는 카페 같은 공간이었으면 좋겠어.

결국 그는 부동산 이곳저곳을 들락날락했다. 평생 공부만 한 그를 부동산에 혼자 내보내려니, 어디 가서 돈이라도 떼이고 오는 건 아닐까 불안했다. 결국 그를 따라 매물을 보러 다녔는데 웬걸. 가격이 너무 비쌌다. 작은 매물은 답답해서 싫다고, 거리가 멀면 출퇴근이 힘들다고 꺼리는 그에게 남은 선택지는 서울의 번화가였다. 아니, 이럴 거면 여기서 차라리 카페를 하지!

어른들 말엔 틀린 게 참 많지만, 말이 씨가 된다는 말만큼은 아닌가 보다. 그는 결국 거기서 카페를 하게 되었다. 느슨하게 카페를 하면서 사무 공간으로 사용해 보겠다는 안일한 마음이었다. 사실 얼마나 많은 사람이 작업 공간을 얻기 위해 카페를 병행하는 어리석은 선택을 하던가. 카페는 사람들이 생각하는 것처럼 낭만 가득한 업이 아니다. 일하다가 손님이 오면 문득 커피를 내려주는 게 다라면 얼마나 좋을까. 어제 판매 내역을 정리하고, 커피 찌꺼기를 말리고, 커피콩과 일회용품을 주문하고, 설거지를 하고, 셰이크를 만들고, 제빙기를 정비하고, 영수증 용지를 갈아 끼우고, 화장실 청소를 하고, 정화조 체크를 하고, 커피를 내리다 보면 원래 무엇을 위해 이 공간을 만들었는지 혼란스러워진다. 우리는 세계 여행을 하고도 자아를 못 찾은 종류의, '나도 카페나 할까'라는 낭만조차 겪어야 깨는 종류의 사람이었다.

나는 그 공간의 저녁 시간을 이용했다. 살롱을 만들고, 간단한 마실 거리를 팔았다. 내가 좋아하는 사람들을 불러 놓고 밤새 북적이며 놀았다. 여섯 시까지 회사에서 일하고 차를 타고 와서 일곱 시부터 공간을 지켰다. 아는 사람을 상대로 하다 보니 계산이 제대로 될 리 없었고, 어영부영 월세의 절반만 간신히 낼 정도였다.

사업을 같이 하기 시작했는데, 의외로 애인의 얼굴을 볼 기회는 더 줄었다. 그는 아침 열 시부터 저녁 여섯 시까지, 나는 저녁 일곱 시부터 새벽 한 시까지 공간을 지키다 보니 서로 일하는 시간이 달랐다. 문을 닫고 집에 가면 새벽 두 시, 그는 곤히 자고 있었고 내가 일어나면 그는 이미 출근한 후였다. 자는 모습만 보다 보니 그와 내가 연애를 하는 건지, 그냥 하우스메이트이니 건지 알 수 없는 시간들만 늘었다.

게다가 무슨 사업을 하는 건지 도통 알 수 없었던 지난날과 달리, 카페 매출을 매일 옆에서 확인하다 보니 나도 모르게 잔소리가 늘었다. 메뉴에 이런저런 걸 추가해 보면 어떻겠느냐. 카페는 음악이 중요한데 선곡 센스가 너무 없다 등등. 그가 직원과 알 수 없는 그들 세계의 언어로 대화할 때는 한창 멋있게만 보였었는데 말이다.

그렇게 1년. 우리는 사업을 접었다. 만약 우리가 같이 사업을 하지 않았더라면, 그가 영원히 내가 모르는 외계어로 일했더라면 우리의 결말은 달라졌을까? 어쩌면 동업을 한 게 이별을 앞당긴 건 아니었을까?

인생은 알 수 없는 것, '내가 그럴 리 없다'라는 말도 할 수 없는 것이지만 그래도 스스로에게 당부해 본다. 이제 정말 애인과 사업은 다시 하지 말자. 일은 일터에서, 연애는 집에서!

우리가 괜찮은 사람이라는 걸
알게 되기까지

~~~~

"소리 좀 지르지 마."

화장실에 나타난 바퀴벌레 때문에 내가 혼비백산해서 소리를
지르자, 그가 말했다. 나는 심각한 바퀴벌레 포비아가 있다. 한
번 바퀴벌레를 보면 한 달이 넘게 벌레가 나오는 꿈을 꾼다. 거
대 바퀴벌레가 지구를 정복하는 꿈, 집안에 바퀴벌레가 잔뜩 기
어 다니는 꿈. 카프카의 《변신》이 내겐 고전 명작이라기보다는
공포물에 가까웠고, 바퀴벌레 약을 홍보하는 일을 맡았을 땐 일
을 때려치웠다. 그러니 가끔 바퀴벌레를 직접 보면 문자 그대로
정신이 아득해진다. 히치콕 영화 속 주인공처럼 소리를 질러대

는데 그가 듣기 싫다는 듯 툭 던진 말. 소리 좀 지르지 마.

아직 그 말을 기억하는 건, 그게 첫 번째 순간이었기 때문이다. 그가 나를 짜증스럽게 여긴다는 걸 알게 된 첫 번째 순간. "소리 좀 안 내고 먹을 순 없어?"

밥 먹는 게 보기 싫으면 진짜 정이 떨어진 거라고 누가 그랬더라. 어느 현자가 한 말인지 몰라도 그건 '지구는 둥글다'만큼 변하지 않을 진리다. 그가 수저질을 하는 모습이 못나게 보이기 시작한 순간을 기억한다. 쩝쩝거리는 소리, 반찬을 집어 드는 모양새. 모든 게 마음에 들지 않았다. 우아하게 먹을 수 없나. 그렇지만 실은 그때도 알고 있었다. 나를 짜증나게 하는 건 단순히 밥 먹는 소리가 아니라는 걸.

그와 내 사이가 조금씩 삐거덕거리기 시작하면서 나는 사소한 문제를 물고 늘어졌다. 다이어트 중인 그 때문에 먹을 만한 식당을 찾아 한참 돌아다니는 게 싫었고, 내가 친구들과 만나는 모임에 그가 자꾸 얼굴을 들이미는 것도 싫었다. 그는 내 친구들이 시도 때도 없이 집에 들락거리는 걸 문제 삼았고, 친구들이 데려온 아이들이 그의 물건을 만지고 노는 걸 불쾌해 했다. 문제는 이쪽저쪽에서 자꾸 불거졌다. 풍선처럼. 한쪽을 누르면 다른 한쪽이 튀어나왔고, 다른 한쪽을 누르면 다시 이쪽이 튀어나왔다. 긴 여행이 끝나고, 일상이 시작되자 서로에 대한 신비감이 빛을 바라서였을까. 이제는 서로를 다 안다는 착각 때문이었을까. 우리는 다른 애인들과 마찬가지로 평범한 권태기를 맞았다.

우리의 연애가 남들의 사랑놀이와 마찬가지임을 지구에서 몇 십억 커플이 동시에 하고 있는 연애와 별반 다르지 않음을 알고 있는 것과 확인하는 건 다르다. 그런 건 굳이 입 밖으로 꺼낼 필요가 없다. 그건 뭐랄까. 피터팬에 나오는 팅커벨의 전설과 비슷하다. "요정은 없어"라고 어떤 어린이가 말하는 순간 진짜 요정이 한 명씩 죽어 나간다. 그가 실제로 요정이 있다고 믿는가 그렇지 않은가는 중요하지 않다. 그가 입 밖으로 그것을 '꺼내는 순간', 그 순간 요정이 죽는다. 사랑도 실체가 없는 환상이기는 요정과 진배없는지라, 사랑의 흔해빠짐을 입 밖에 내는 순간 정말 그 사랑은 흔해빠지고야 만다. 나는 그런 실수를 저질렀다.

만춘: 요즘 넌 괜찮아?

애인 3: 뭐가?

만춘: 우리 말이야. 뭔가 문제가 있는데 말을 안 한다고 생각하지 않아?

애인 3: 나는 문제없는 것 같은데.

만춘: 아냐, 이제 같이 있다고 예전처럼 좋아하지도 않고

애인 3: 같이 산 지 오래되었으니 당연하지. 그냥 다음 스텝인 거지.

만춘: 다음 스텝이 꼭 이렇다고 정해져 있는 거야?

나는 계속 싸움을 걸고, 애인은 노련한 펜싱 선수처럼 나의 칼을 피해갔다. 나의 모든 제안에 "그래"라고 답해서 내가 붙여 준 별명 '그래남'답게, 그에겐 이런 건 문제도 아닌 것처럼 보였다. 결국 나는 싸움 걸기를 그만두고 비겁한 꼼수를 부렸다.

만춘: 이제 너 나가서 살았으면 좋겠어.

애인 3: 갑자기 왜?

만춘: 언니가 서울에 와서 함께 살지도 몰라서.

애인 3: 갑자기?

만춘: 응, 갑자기.

언니가 나와 같이 살고 싶어 하긴 했지만, 거절하려면 이유는 많았다. 그렇지만 나는 이참에 그와 좀 떨어지고 싶었다. 그

는 별다른 불평 없이 짐을 쌌다. 사무실 근처의 집을 알아보았다. 그가 집을 구해서 나가기까지는 한 달 정도밖에 걸리지 않았다. 그와 함께 사는 시간 동안 차곡차곡 쌓였던 짐이 순식간에 사라졌다. 함께 이케아에 가서 샀던 암 체어, 머리가 큰 갓 스탠드, 공기 청정기, 온갖 레고 조각이 담긴 박스. 어쩐지 조금 허전해진 집을 보니 홀가분하기도, 그가 그립기도 했다. 그렇게 우리의 동거는 끝났다. 얼마 안 있어 미지근하게 이어지던 우리의 연애도 끝이 났다.

지금도 가끔 생각한다. 만약 우리가 동거가 아니라 결혼을 했더라면, 결혼식을 하지 않았더라도 신고만 했더라면 어땠을까. 우리 관계가 몇 마디의 말로 정리되는 것보다 훨씬 더 복잡한 것이었다면, 단단히 엉킬 실타래를 가위로 끊지 않고 손으로 하나하나 풀어내야만 한다고 정해져 있었다면, 그 실타래를 풀기 위해 주저앉은 시간 동안 우리 관계는 다시 좋아지지 않았을까. 그러다 또 시간이 지나고, 실타래가 다시 엉키고, 다시 자리에 주저앉는 일들을 반복하며 살지 않았을까. 관계를 포기하게 되는 딜브레이킹의 한계점이 낮아서 헤어지는 게 아니라, 관계를 끊어내는 데 너무 많은 비용이 들어서 헤어지지 않는 게 아닐까.

어쩌면 그래서 우리는 서로에게 몸을 붙이고 온갖 제도로 서로를 칭칭 감는 건지도 모르겠다. 등나무처럼. 지금은 우리가 부족하다는 걸 너무 잘 알아서. 우리가 이만하면 괜찮은 사람이라는 걸 알게 되기까지 너무 오랜 시간이, 가끔은 몇십 년이 걸리기도 하니까. 그 시간까지 우리가 우리를 견디기 위해 서약을 하고, 가족과 친지들에게 국수를 대접하고, 〈어느 멋진 날에〉나 〈좋겠다〉 같은 노래를 들으며 눈물을 훔치는 게 아닐까.

나이가 들수록 나는 점점 내가 우습다 못해 한심하다고 생각했던 사람의 얼굴을 닮아간다. 그들의 얼굴이 되어 그들의 목소리로 말을 한다. 이건 이래서 맞아, 저건 저래서 틀려. 낡고 쓸데없으니 방치해도 된다고 생각했던 목소리들이 내 얼굴을 하고 다시 내게 찾아온다. 오늘 그 땔감을 다 써버리면, 내일은 추위를 견뎌야 한다고. 남들이 다 그렇게 사는 건 이유가 있는 거라고. 목소리를 높이지 않으면 아무도 네가 거기 있는 걸 알아주지 않는다고. 젊으니까 그렇게 말하는 거라고.

사랑하기 때문에 곁에 있는 거지, 곁에 있기 때문에 사랑하는 건 아니라고. 팻말을 휘두르며 앞으로 나아가는 날이 언제까지 계속될지는 모르겠다. 그 선후 관계를 수식처럼 똑 부러지게 표현할 자신도 없다. 어느 날은 제 자리에서 서서 팻말을 내려놓고, 매직으로 밑줄을 긋거나 앞에 단서를 달지도 모르겠다. 단서들이 너무 많아져서 팻말이 한 편의 논문이 될지도, 어쩌면 지금처럼 책이 될지도 모르겠다. 그래도 나는 아무것도 쓰이지 않은 팻말을 드느니, 혹은 한 번도 수정한 적 없는 팻말을 드느니, 추가하고 지우고 덧대느라 거의 깜지에 가까워진 팻말을 가지는 게 좋다. 그래, 다시 한번 어쩌겠는가. 하마는 하마대로, 코끼리는 코끼리대로, 나는 나대로 태어나 버린 것을.

날 만나지 않았더라면
넌 더 잘 살았을까

≈≈≈

어떤 영화에서인가. 주인공과 하룻밤을 보낸 여자들은 백이면 백, 주인공과 헤어진 직후에 운명의 남자를 만나 결혼한다. 축복인지 저주인지 모를 이 징크스 덕분에 주인공은 '진짜 사랑'을 찾는 여자들에게 인기가 좋다. 아들을 낳게 해달라고 돌하르방의 코를 달여 먹는 아낙네의 마음이랄까. 분수대에 동전을 던져 넣는 수험생의 마음이랄까. 그런 마음에 19금 조미료를 치면 이 영화의 소재가 된다. 이 남자랑 자면, 운명의 상대를 만난다. 어떻게 된 일일까? 주인공이 천하의 쓰레기라 그를 만나고 나면 다른 남자들이 다 괜찮아 보이는 걸까? 로맨틱 코미디 영화들이 으레 그렇듯 소재에 대한 설명은 명확하지 않다.

이 영화를 보며 나도 지난 연애를 떠올렸다. 나와 잔 남자들이 모두 운명의 상대를 만났던가? 아니, 그렇진 않은 것 같다. 어떻게 아느냐고? 지질한 인간들이 그렇듯 나도 가끔 헤어진 연인들의 SNS를 훔쳐보기 때문이다. 카카오톡 프로필 사진, 인스타그램, 페이스북, 브런치. 거대 테크 기업 만세다.

군이 파놉티콘의 꼭대기에 서지 않아도, 만인의 만인을 위한 벌판인 SNS에서 구 남친 근황 찾기란 바늘 밭에서 바늘 찾기. 8년 전에 만난 남자가 아직도 싱글인 상태인 걸 아는 건, 내가 그의 카카오톡 상태 메시지를 꾸준히 팔로우 했기 때문이다(부디 그가 이 책을 보지 않기 바랄 뿐이다. 얼마나 소름끼칠까). 나와 만났던 애인들은 'Happy Ever Ever'의 결말과는 꽤 거리가 먼 현재를 살고 있다. 운명의 상대를 만나 영원히 행복하게 사는 것 같지도 않고, 회사에서 승승장구 잘나가는 것 같지도 않다. 그런 그들에게도 공통점이 있다. 다들 나를 만나고 회사를 그만뒀다는 것.

나와 함께 일하는 친구들은 이 현상(이것은 정말이지 현상이라고 부를 수밖에 없다)을 '퇴사 바이러스'라고 불렀다. 좀비 바이러스처럼 내게 '퇴사 바이러스'가 있어서 나와 스치기만 해도 '퇴사 고민'을, 사귀면 '반드시 퇴사'를 하게 된다는 것. 평생직장이라는 건 옛날 말이 아니냐 항변하고 싶지만, 그들의 퇴사는 미래를 위한 이직과는 거리가 멀었다. 국내 유명 건설사를 다니던 A의 퇴사, 전기 회사를 다니던 B의 퇴사, 교직원이었던 C의 퇴사. 다들 회사를 그만두고 지구별 여행자가 되지 않았나. 세 번째 애인은 1억에 가까운 연봉을 받으며 유망한 기업의 연구원으로 일하고 있었다. 그가 나를 만나기 시작하며 회사를 퇴사하고, 함께 장기 여행을 떠나자고 제안하자 나도 스스로를 의심할 수밖에 없었다. 혹시 퇴사 바이러스, 이거 진짜인가?

연말을 기념해서 오랜만에 세 번째 애인을 만났다. 세 번째 애인은 나와 아직 친구 사이로 지내는 유일한 전 남친이다. 그가 회사를 그만둔 지 벌써 2년. 그는 1년 째 사업을 준비한다고 혼자 공부 중이다. 도통 알 수 없는 분야라 '사업을 준비한다'는 것조차 구체적으로 뭔지 알 수가 없지만, 그가 외로워 보이거나 일이 잘 안 풀리는 것 같아 보이면 나는 왠지 '혹시 그게 퇴사 때문이었나' 생각하게 된다. 그건 꼭 이런 생각으로 이어진다. 내가 아니었다면, 그는 지금보다 더 잘 살고 있지 않았을까.

만춘: 그때 네가 회사를 안 그만뒀으면 어땠을까?

애인 3: 글쎄, 부장 정도 되었겠지? 얼마 전에 동창 모임을 했는데, 나랑 동기가 외제차 타고 왔더라. 아파트도 샀대.

만춘: 너도 그때 소개팅에서 만난 여자랑 결혼했으면, 아직 그 회사 다니고 있을 걸? 그랬다면 그 외제차가 네 거였을 수도 있지.

애인 3: 그럴 수도 있었겠지.

만춘: 대출금 갚고, 아이 양육비 쓰려고 계속 회사 다녔을 수도 있겠다. 그렇게 살면 어떨 것 같애?

애인 3: 그러면 또 그렇게 살아지지 않았을까?

만춘: 그러면 더 행복했을까?

애인 3: 그건 알 수 없지. 상자 안의 고양….

만춘: 됐어, 됐어.

전 남자친구가 또 물리학 하는 사람처럼 슈뢰딩거의 고양이 이야기를 할 것 같아 입을 막았다. 상자를 열기 전까지 고양이는 살아 있으면서 죽어있고, 죽어있으면서 살아있고. 어쩌고저쩌고. 어쩌면 내가 부추기는 바람에 그가 회사를 그만두었을 수도 있다. 그렇게 생각하면 지금 그의 사회적 고립에 내가 한몫한 것 같아 마음이 무겁다. 차라리 그가 너무 잘나가서, 그때 나의 부추김 때문에 네가 그런 선택을 한 것 아니냐고, 너의 성공에 대한 내 지분을 달라며 땡깡을 쓰는 게 낫겠다.

만춘: 그렇게 살았어도 너는 언젠가 회사를 그만뒀을 거야.
애인 3: 왜?
만춘: 그냥. 자유롭게 살고 싶다고 외치면서 말이야.
애인 3: 난 회사 그만둘 때 돈을 더 벌고 싶었어. 근데 그만두고 나서 알았어. 단순히 돈이 아니더라고. 내가 원하는 게.
만춘: 뭔데?
애인 3: 그걸 말로 다 설명하는 게 힘드네.
만춘: 그럼 수식으로 설명해.

우리는 와하하 웃었다. 늘 수식으로 이야기하는 물리학자라니. 그를 보다 보니, 내가 아니었어도 그가 회사를 그만뒀을 거라는 확신이 들었다. 인생에서 1~2년 만난 어떤 사람 때문에 그 사람의 운명이 바뀌었을 거라는 건 얼토당토않은 이야기다. 그는 험버트가 아니고, 나는 데스데모나가 아니며, 우리는 로미오와 줄리엣 놀이를 하기에는 너무 늙지 않았나. 나는 그 정도로 영향력이 강력한 사람이 아니고, 그 역시 쉽게 물드는 사람이 아니다. 누군가의 인생 경로를 내가 바꾸었다고 생각하는 건 얼마나 큰 오만인가.

어쩌면 그건 사소한 생각의 차이일 수 있다. 작은 생각의 차이. 시간이 지나면서 선택을 해야 하는 순간이 올 때마다 그 작은 차이로 인해서 아주 조금씩 다른 선택을 하게 되고, 그 선택이 쌓이고 쌓이면 우리는 처음과는 아주 다른 방향에 도착하고 마는 거다. 아마 그 사소한 차이 때문에 내가 그를 사랑했고, 그 차이 때문에 그가 나를 사랑했을 수 있다. 그러니 어쩌면 그건 절대 사소하지 않을 수도 있다. 그러니 내가 퇴사 바이러스를 가졌다기보다, 퇴사 바이러스 잠재 보유자가 나를 좋아하고, 내가 그런 사람에게 끌린다고 보는 게 타당하겠다.

자신의 '진짜 짝'을 찾게 해준다는 남자 이야기는 어떻게 된 걸까? 그는 정말 매직 파워를 가진 걸까? 그럴 리가. 아마 진짜 짝을 만나고 싶은 여자들이 그에게 왔겠지. 그와 잠자리를 (물론 그가 몹시 섹시하긴 하지만) 기꺼이 할 만큼 노력을 하는 여자라면, 그렇지 않은 여자보다 진짜 짝을 만날 확률이 더 높아지지 않았을까? 돌하르방의 코를 만지는 아낙네의 소원도, 분수대에 동전을 던지는 수험생의 소망도 그런 거겠지. 그냥, 간절한 거겠지.

네 번째 괄호

그리하여
행복하게 살았습니다

엄마, 아빠에게 동거한다고
말하는 날이 오면

~~~~~

우당탕탕. 한밤에 거실에서 큰 소리가 났다. 놀라 나와보니 언니는 울고 있었고, 아빠는 씩씩대고 있었다. 내가 중학생, 언니가 대학생인 때였다.

아빠: 취소해!

언니: 이제 와서 어떻게 취소해! 내일 아침 출발인데!

아빠: 그걸 미리 말을 했어야지!

언니: 미리 말하면 못 가게 할 거잖아!

아빠: 그걸 알고도 이래?

나도 알고 있던 사실을 아빠만 몰랐나 보다. 어째서 아빠들은 집안에서 벌어지는 일을 가장 늦게 아는 걸까. 내일은 언니와 언니 남자친구의 첫 번째 해외여행 출발 날이었다. 언니도 남자친구도 막 스무 살이 된 풋풋한 청년이었다. 아빠는 그 '풋풋한' 청년들이 '풋풋하게' 섹스할 거라는 생각은 추호도 해본 적이 없었나 보다. 싸움은 '건전하게 다녀오라'는 알쏭달쏭한 허락으로 끝났다. 건전이라니. 〈디즈니 만화 동산〉인가.

그날 나는 언니 덕분에 한 가지 교훈을 얻었다. 앞으로 남자친구와 여행을 가게 되면 엄마, 아빠에게 이야기하지 말 것. 건전한 언니는 자신의 문제를 부모님과 자주 상담했고, 문제가 생기면 직진해서 뚫고 나갔지만 그런 언니를 보며 내가 얻은 꿀팁이란 '나는 저렇게 하지 말아야지'였다. 한때 심각했던 문제는 시간이 지나면 그렇게 중요하게 여겨지지도 않았다. 언니가 스무 살 때 남자친구와 갔던 2박 3일의 여행은 집안을 뒤집을 만큼 큰일이었지만, 내가 서른이 넘어 남자친구와 갔던 3개월의 장기여행은 특이한 둘째 딸의 모험 정도로 치부되었으니 말이다.

부모님이 아는 나의 정확한 연애사는 열아홉 살이 마지막이다. 스무 살이 넘어서부터 나는 모든 면에서 과묵한 딸이 되었다. 남자친구가 있냐고 물으면 "친구 중 절반은 남자친구다"라고 능구렁이처럼 넘어갔고, 친척들이 애인은 사귀냐고 물으면 "인기가 너무 좋아서 고민 중"이라고 답했다. 그러는 동안에도 나는 한 트럭의 애인들과 서울 곳곳의 데이트 장소를 누볐고, 죽네 사네 하며 만남과 헤어짐을 반복했다. 밤늦게 방에서 숨죽여 통화를 하는 모습이나, 거울 앞에서 한 시간째 이 옷과 저 옷을 바꿔가며 입는 걸 보면 부모님이 아니라 누구라도 내가 연애 중이라는 걸 알 수 있었을 거다. 그 모습을 별말 않고 지켜봐 준 부모님의 속마음은 아마 이런 게 아니었을까. '저러다 때 되면 알아서 시집가겠지'

'때'는 왔지만 속을 알 수 없는 딸은 시집을 가지 않았고, '때'가 조금 멀어졌을 때도 도통 연애만 하지 면사포를 쓸 생각은 없어 보였고, '때'가 아주 멀어졌을 때도 이놈의 딸은 부모님이 곳곳에 뿌린 축의금을 회수할 기회를 주지 않았다. 이러다 정말 영영 '그때'는 오지 않는 건가 싶었을 수도 있다.

한번은 동네를 돌아다니다가 부모님과 친하게 지내는 아저씨를 만났다.

아저씨: 어이~ 국수는 언제 먹여줄 거야?

만춘: 아저씨! 국수 드시고 싶으시군요.

아저씨: 그럼!

만춘: 사거리에 국숫집 하나 생겼던데! 한 그릇에 2천9백 원!

그 이야기를 잠자코 듣던 엄마는 내 농담이 지나치게 재미있었는지 등짝을 후려쳤다. 그 일 이후로 나는 연애를 새로 시작할 때면 부모님께 고해성사를 한다. "새로운 사람을 만나고 있나이다. 친구 소개로 만난 건실한 공무원이랍니다.", "그 공무원 놈과 헤어졌나이다. 이제는 그림쟁이를 만나고 있나이다.", "그림쟁이는 자기만 알아서 안 되겠나이다. 공부하는 놈을 만나게 되었습니다."

어쩌면 엄마, 아빠는 차라리 아무도 안 만났을 때가 더 나았다고 생각했을지 모를 일이다. 대한민국의 딸 가진 부모들은 딸이 결혼하기 직전까지 순결(?)을 지키며 누군가의 튼실한 복근도 보지 않고 조신하게 살다가, 사회가 정한 결혼 적령기가 되었을 때 느닷없이 건실한 청년을 데려와 버진 로드를 걷길 원하지 않던가. 연애 한 번 제대로 못 해본 딸이 좋은 남자 고르는 눈은 또 얼마나 가졌는지는 모를 일이나, 우리의 기대가 그렇게 합리

적이기만 했다면 세계 평화는 진즉에 이뤄졌을지 모른다.

세계 평화와는 지구와 토성 정도로 멀고, 조신한 딸과는 해왕성만큼 먼 내가 처음 애인과 함께 살게 되었을 때, 부모님께 동거 사실을 알려야 하나 말아야 하나 고민했다. 동거는 연애보다 훨씬 진중한 문제 같았다. 물론 내가 새로 이사 간 집에 부모님이 오신 적은 없지만(심지어 그전 집에 1년 사는 동안에도 반나절 들린 것이 다지만) 일단 내가 누구를 만나고 있는지를 먼저 알려야 할 것 같아, 그를 가족들에게 소개시켰다. 넉살 좋고 술 잘 마시는 그의 점수는 나쁘지 않아 보였다. 물론 우리가 함께 살고 있다는 걸 부모님께 제대로 이야기하기도 전에 헤어져 버렸지만.

하루, 이틀, 일주일, 한 달. 우리 집에 있는 시간을 조금씩 늘리다가 고시원에서 우리 집으로 가방 하나만 싸 들고 온 애인, 새집을 구하기 전까지만 '잠시' 우리 집에 있기로 했었던 애인. 그들과의 동거는 희한하게도 '얼렁뚱땅' 혹은 '어쩌다 보니'로 시작되었다가 '본격적인' 단계로 가기 전에 끝났다. 같이 살다 보면 어쩐지 다음 스텝을 밟아야 할 것 같았다. 나와 함께 살던 애인은 그게 '결혼'이라고 주장했지만 내가 유일하게 확신할 수 있는 건 그게 '결혼은 아니다'라는 것뿐이다.

일시적인 동거는 아니지만 결혼은 아닌 상태. 어떤 이름으로도 명명되지 않는 상태에서 나는 벌써 1년이 넘게 머무르고 있다. 어쩌면 지금의 애인과 오래오래 함께 할 것이라는 것을 많은 사람들 앞에서 이야기하고 싶게 되는 날이 온다면, 내가 우리의 관계에 있어 타인의 인정을 갈망하는 날이 오게 된다면, 굳이 결혼식이 아니더라도 어떤 세리머니를 하게 될 것 같다. 그런 확신이 오면 부모님께 이야기하게 될 것 같다. 어쩌면 아빠가 한바탕 화를 낸 후에, "건전하게 동거해라"라고 말할지도 모른다. 어쩌면 그때부터 본격 '국수를 먹자'는 설득이 시작되지 않을까.

아무도 어떤 이름으로 정의 내리지 않은 경계선에 서있으면 사람들이 묻는다. "너는 이쪽이냐, 저쪽이냐." 이쪽도 저쪽도 아니라고 하면 이쪽 사람들은 저쪽 사람보다 더, 저쪽 사람들은 이쪽 사람보다 더 나를 이상하게 본다. 회사원이냐, 자영업자냐, 프리랜서냐 묻고, 그 어느 쪽도 아니라고 하면 쉽게 백수의 카테고리로 욱여넣는다. 헤테로냐, 레즈비언이냐, 바이섹슈얼이냐 묻고, 역시 답하기 어렵다고 하면 알 수 없는 요즘 것들이라며 고개를 젓는다.

고작 30년이 조금 넘는 시간 동안 쌓았을 뿐이지만, 그 세월

덕분에 나는 이쪽이냐 저쪽이냐는 질문에 덜 상처받는다. 핑크
색도, 보라색도, 녹색도, 푸른색도 아닌 어느 경계에 선다.

여기도
여자 둘이 살고 있습니다

~~~

우리나라에는 여자에 대한 속담이 참 많다. 속담 속에서 여자는 한만 품어서도 오뉴월에 서리도 내리게 하고(여자가 한을 품으면 오뉴월에도 서리가 내린다), 울기만 해도 집안을 망하게 할 수 있고(암탉이 울면 집안이 망한다), 수다를 떠는 것만으로 그릇도 깨뜨릴 수 있다(여자가 셋이 모이면 그릇이 깨진다). 이 정도면 우리나라 여자는 다 호그와트에 입학해야 할 것 같다. 어쩌면 내가 모르는 초능력을 나도 가지고 있을 수도. 덤블도어 선생님, 거기 계신가요? 혹시 한국인도 받아주시나요?

아는 사람은 알겠지만, 우리나라가 운 좋게도 급속한 경제 성장을 이룬 덕분에 나는 우리나라에서 태어난 것을 그다지 속상해하지 않으며 지냈다. 우리나라가 짐바브웨 정도의 위치에 있었어도 미국이 이 정도의 관심을 기울였을까 싶지만, 어쨌거나 반에서 짱 먹는 아이의 뒷자리에 앉는 것은 그렇게 운이 나쁜 일만은 아닌 것이다. 어깨만 좀 주물러 주고, 아부만 좀 떨면 어쨌거나 괴롭힘만은 피할 수 있지 않은가(짱이 트럼프같이 독특한 인간이 아니라면 말이다).

안타까운 것은 내가 우리나라에서 여자로 태어난 거다. '세계경제포럼(WEF)'에서 발표한 '국가별 성 격차 지수'에 따르면 지난해 우리나라의 성 평등 지수는 전체 149개국 중 115위! 여자에 대한 속담의 대부분이 여성에 대한 폭력을 정당화하는 이야기라는 것도 접어주자. 여자와 북어는 3일에 한 번씩 패야 한다느니, 결혼하면 귀머거리 3년, 벙어리 3년을 해야 한다느니, 변소와 처가는 멀수록 좋다느니. 자신의 저열한 인간성을 증명할 수 있는 말들은 끈질기게 살아남아 2020년에도 쓰이고 있다.

우리나라는 무엇이든 순위권 안에 들지 않고는 견딜 수 없어 보인다. 자살률이나 노동 시간 순위만 봐도 확신할 수 있다. 어쨌거나 우리나라에서 여자로 태어난 이상, 나는 2등 시민으로서의 억울함을 체화하며 자랐다. 노예가 노예 생활을 오래 하다 보면 "우리 주인님은 그래도 안 때려요" 따위의 말을 하기 마련인데, 나도 그런 시기를 오랫동안 거쳤다. "여자로 태어나서 행복해요.", "여자로 사는 게 얼마나 좋은데. 남자들이 가방도 들어준다고!", "남자는 여자 하기 나름이지." 뭐 이런 말들을 살면서 한두 번쯤은 했다는 고백을 전한다. 게다가 개념녀를 자처하느라 돈은 돈대로 쓰고, 비위는 비위대로 맞춰줬다는 흑역사도 전한다. 정말이지 고개를 들 수가 없다. 부끄러움에 무덤에서 다시 일어나려고 해도 아직 무덤에 가지를 않아서 그럴 수도 없다. 지금은 '큰일은 여자가 하자'는 취지의 팟캐스트도 하고, 성공한 여자들 인터뷰 시리즈도 만들고, 여자가 어떻게 일해야 할지에 대한 책도 냈으니 어느 정도 빨간약을 먹은 셈이다.

나의 마지막 애인과 함께 하면서 좋았던 건, 그녀가(그렇다. 그가 아니라 그녀다) 페미니즘의 관점에서 나를 화나게 하는 말을 한 번도 하지 않았다는 점이었다. 레즈비언 커플이 이런 게 좋은지 몰랐지?《82년생 김지영》을 보았다는 이유로 여자친구와 헤어져야 되냐고 묻는 애인이 있는 세상에서, 애인이 나와 같은 페미니스트라는 건 세상 드문 일이다. 그건 마치 총탄이 난무하는 전쟁터에서, 비로소 아군을 찾은 느낌이다.

그녀는 나에 비해 그다지 페미니즘에 대한 관심도 없고, 직업적으로 여성에 대한 이야기를 할 일도 별로 없다. 그럼에도 불구하고 단지 '여성 차별적' 발언을 하지 않았다는 것만으로도 내게는 큰 위로가 되었다. 그건 그녀가 특별히 여성 차별적이지 않아서가 아니라, 지극히 이성적이었기 때문이다.

다른 애인과 만나는 동안 나는 그들의 수많은 장점에도 불구하고 가끔 그들이 내비치는 황당한 발언 때문에 관계를 재고할 때가 많았다. 이를테면 이런 말이다. "설거지는 내가 할게. 우리 엄마가 아내 일은 많이 도와주랬어.", "결혼 말고 동거하는 거 괜찮겠어? 나는 괜찮은데 너는 여자니까 아무래도.", "솔직히 남녀 차별은 옛날이야기 아니야?"

나는 그들을 사랑했다. 그래서 나의 애인들이 나쁜 사람이 아니었던 것을 안다. 그는 길고양이들의 밥을 챙겨주는 착한 사람이었고, 나와 정치적 신념이 같고, 투표를 빠짐없이 하는 사람이었고, 분리수거를 꼼꼼히 하는 사람이었고, 그린피스에 후원금을 넣는 사람이었다. 우리는 모두 어떤 부분에서는 선인이고, 다

른 누군가에게는 악인이니까. 그런 착한 그들이 하는 '나쁜 말'
은 나를 자주 상처 입혔다. 나는 고슴도치와 연애를 하는 고양이
의 마음으로 그것을 받아들였다. 그들에게도 나의 어떤 부분은
가시처럼 느껴질 수 있으니까.

　다만 나의 애인이 그렇게 말할 때면, 그 말이 그의 '특정' 부
분에 대한 편견을 드러내는 것이 아니라 실은 '본질'이 아닐까
두려울 때가 있었다. 집안일을 '돕는다'라고 생각하는 남자는 나
와 함께 살면서 사실은 집안일이 '여자의 일'인데 자신이 억울하
게도 짐을 대신 진다고 생각할 수 있었고, 그런 생각은 어쩔 수
없이 다른 무언가로 표출되기 마련이었다. 여자의 동거는 문란
하고, 남자의 동거는 쿨하다고 생각하는 애인에게는 '우리의 동
거'가 나에게만 죄가 된다고 여겨질 수도 있었다. 그건 그가 언
젠가 궁지에 몰렸을 때 '우리의 동거'를 무기로 사용하려고 할
수도 있다는 뜻이었다. 그 무기가 나에게 효력이 있을지 없을지
는 모르겠지만, 나는 그가 그것을 무기로 사용하려고 한다는 그
생각 자체에서 이미 큰 타격을 입을 터였다. 흑인을 혐오하는 남
자와 흑인 여자가 연애를 할 수는 없는 노릇이다. 한국이 OECD
국가에서 압도적으로 여성 임금이 낮다는 것(임금 차별 1위)을 받
아들이지 못하는 애인에게는 그보다 낮은 나의 연봉을 해명할

도리가 없었다. 그에게 그것은 그냥 나의 무능력이었으니까.

그녀가 모든 면에서 완벽했던 사람이라고 말하기는 어려웠
다. 물론 그녀가 요리 천재인데다(세계 요리의 대가라 나는 식탁에
앉아서 세계 여행을 할 수 있었다) 쇼핑 천재(샴푸를 사도 쿠팡에서 가
장 위에 뜬 것을 생각 없이 사는 나와는 달리, 그녀는 세상의 모든 샴푸
종류를 다 알고 있는 것처럼 보였다)라는 것도 완벽했지만, 어디 사
람이 모든 면에서 완벽할 수 있을까. 나처럼 소시오패스 기질이
있는 데다, 심각하게 자기중심적이고, 더럽게 고집이 센 사람도
있는데 말이다.

우리는 자주 같은 것에 공감했다. 쇼 프로그램을 같이 보며
웃다가도 같은 장면에 정색을 할 줄 알았고(어째서 여성 혐오 발언
을 하지 않고서는 웃기지 못한단 말인가), 평범한 말속에 숨겨진 차
별적 언어를 구분할 줄 알았다.

만춘: 일하기 너무 힘들어요.
무개념: 그럼 결혼해요.
만춘: 결혼하면 일이 덜 힘들어져요?
무개념: 남편한테 돈 벌어 오라고 시키면 되죠!

그런 이야기를 들을 때 나는 얼마나 많은 남자들이 자신의 짐을 남들에게 떠넘기고 있는지 생각했고(자신의 약혼녀가 자신에게만 밥벌이를 떠넘기고 있다고 해도 그는 과연 웃을 수 있을 것인가) 나의 애인을 바라보며 안심했다. 그녀는 적어도 그런 이야기의 어느 부분이 잘못되었는가에 대해 아주 논리적으로 이야기할 수 있는 사람이었다.

여자와 함께 살면 좋은 점이 참 많다. 애인이 나와 같은 성별일 때 누릴 수 있는 호사에 대해서 이야기하자면 끝도 없다. 그럼에도 불구하고 이번에는 페미니즘에 대해서만 이야기하고 싶다. 그건 내가 남자 애인을 만나면서 너무나 호되게 힘들었던 부분이고, 그럼에도 여전히 해결책을 찾지 못한 부분이기 때문이다. 그건 '사랑하는 것'과 '좋아하는 것'은 너무나 다른 동사라는 걸 깨달았던 경험이었다. 우리는 상대의 완벽함보다는 상대의 부족함 때문에 서로를 사랑하게 된다고 하지만, 단언컨대! 젠더 감수성의 부족 때문에 내가 누군가를 사랑하게 될 일은 없으리라.

내가 사회에 영향력이 거의 없는 사람임을 고려해서 여자들에게도 한 번 제안해 본다. 여자를 혐오하는 남자와 사귀는 것에 지친다면, 한번 폭넓게 애인의 범위를 넓혀 보기를. 의외의 가능성이 열릴지 모르니.

여자 둘이 산다는 걸
적에게 알리지 말라

〜〜〜

비행기를 타고 다른 나라로 갈 때면, 우리나라가 얼마나 안전한 나라인지 새삼 실감하곤 한다. 조심성이 없는 나는 여행지에서 꽤 많은 사건 사고를 당했다. 바르셀로나에서는 핸드폰을, 멕시코에서는 지갑을 소매치기 당했다! 우리나라처럼 지갑이나 휴대폰으로 카페 자리를 맡는 나라가 또 있을까? 새벽 세 시가 넘도록 밖에서 놀 수 있는 나라가 몇이나 될까? 그런 생각을 하면 소주 한 병 들고 태극기를 흔들며 광화문 광장으로 나가고 싶다. 무궁화 삼천리 화려 강산이다. 태극기 휘날리며 뛰어가다 문득 떠오른 생각. 우리나라 성범죄율은 세계 5위. 범죄 심리학자

이수정 교수는 강력 범죄는 꾸준히 줄지만 지난 10년 동안 두 배 늘어난 유일한 범죄가 성범죄라고 말했다. 성범죄 피해자의 95퍼센트는 여자다. 그러니 이렇게 안전한 대한민국이, 여자에게만은 안전하지 않은 셈. 태극기를 접고, 귀에 이어폰을 빼고, 일찌감치 집에 들어가야지. 특정 국민에게만 안전한 나라 아닌가.

서울의 번화가에 살다 보면 밤마다 경찰차, 소방차, 구급차의 사이렌 소리를 들으며 산다. 특히 내가 사는 곳은 주택가도 아니고 유흥가와 가까운 곳이라 이틀에 한 번꼴로 사이렌 소리를 듣는다. 이곳에 살면서 경찰의 추격신도 목격했고, 빌딩 하나가 불타는 것도 창문 너머로 지켜봤다. '성범죄자 알림e'로 찾아봤더니 주변 성범죄자가 열 명이 넘는다. 사건 사고가 넘치는 동네다. 그러다 보니 집이라고 안전할까 늘 걱정이다.

혼자 살 때, 새벽 한 시가 조금 넘었을 때였나. 느닷없이 초인종이 울렸다. 이 새벽에 찾아올 사람이 누가 있지? 잠옷 바람으로 슬쩍 문을 열고 보니(우리 집에는 밖을 볼 수 있는 인터폰이 없다) 모르는 남자가 하나 서 있다. 팔에 소름이 돋았다. "누구세요?", "아, 화장실 좀 쓸 수 있을까요?"

세상에. 새벽 한 시에 갑자기 주택 3층으로 올라와서 벨을 누르고 화장실을 쓰겠다는 남자라니! 나의 결론은 하나. 저것은 도둑 아니면 성범죄자다! 다행히 우리 집에는 큰 현관을 지나야 진짜 집으로 들어올 수 있는 작은 현관이 있는 구조였다. 내가 작은 현관을 열었다고 해서 큰 현관에서 나를 제대로 볼 수는 없었다. "지금 안 가시면 바로 경찰서에 신고합니다."

내 목소리가 떨렸을까? 지금은 잘 기억나지 않는다. 남자는 죄송하다는 말을 웅얼거리면서 자리를 떠났다. 나는 집안의 모든 문이 잘 잠겼는지, 창문은 다 닫았는지, 다른 문으로 들어올 만한 곳은 없는지 확인하며 다시 침대로 돌아갔다. 침실에 만들어 둔 이중 잠금장치까지 걸었다. 경찰에 신고할까 말까 고민하며 잠에 들었다 깨기를 반복했다. 다행히 그 남자는 다시 찾아오지 않았다. 그 남자는 정말 뭐였을까? 술에 취해 3층까지 굳이 걸어 올라와 이 집 저 집의 화장실을 빌려 쓰고 싶은 화장실 애호가? 그럴 바엔 차라리 전봇대 뒤에 숨어 노상방뇨를 해라.

그녀와 함께 지낼 때도 그런 일은 생겼다. 역시 밤 열두 시. 누군가 초인종을 눌러 둘이 얼굴을 마주 보고 뜨악한 표정을 지었다. 이 시간에 우리를 찾아올 사람이 누가 있지? 문을 열어보니 난데없이 1층에 주차된 차량의 주인이냐고 묻는다. 아니라고 말하고 문은 닫았지만, 한밤의 초인종 소리가 달가울 리 없었다.

게다가 상대에게 여자 둘이 사는 집이라는 걸 들킨 것 같아 마음이 좋지 않았다. 여자 둘이 산다는 걸 밖에다 알리지 말아야 하는 세상이라니. 우리 둘이 산다고 하면 주변에서는 실용적인(?) 팁을 몇 가지 전해준다.

하나, 남자 신발을 밖에 둘 것. 이 집에 남자가 사는 것처럼 보여서 범죄의 대상이 되는 걸 피하란다.

둘, 택배는 남자 이름으로 시켜라. 문 앞에 놓여있는 택배가 여자 이름밖에 없다면 여자들만 사는 걸 입증하는 셈이다.

셋, 배달 음식을 시킬 때는 문 앞에 두고 가라고 메모에 남겨라. 특히 1인분을 시킬 때 조심할 것!

모든 팁의 초점은 결국 하나였다. 집에 남자가 사는 것처럼 보이게 할 것. 대한민국에서 여자끼리 사는 게 이렇게 힘든 일이었다니. 배달 음식도 조심해서 시켜 먹어야 한다니! 어머니가 짜장면이 싫다고 하신 건 어쩌면 그런 이유 때문인지도 모른다.

남자친구가 아니라 여자친구와 함께 살다 보니 우리는 더 안전 문제에 민감하게 되었다. 주변에 사는 여자친구들과 긴급 동맹을 맺어 서로 위험한 일이 있을 때 도와주기로 했다. 친구들

중에는 서로의 동의하에 위치 추적 앱을 깔아 서로의 위치를 확인하는 그룹도 있었다. 위험한 일이 생겼을 때 버튼을 누르면 바로 친구에게 위치가 전송되는 앱도 사용한단다.

한번은 이런 일도 있었다. 새벽 한 시가 가까워 오는데 누군가 집 대문을 흔드는 소리가 들렸다. 덜컹덜컹. 쇠로 된 단단한 문이라 웬만큼 흔들어서는 그렇게 큰 소리가 나지 않았다. 대체 무슨 일이지? 이 시간에? 초인종도 누르지 않고 대문부터 흔들어 본다는 게 너무 무서웠다.

만춘: 문 열어볼까?

그녀: 그럼 그쪽에서 우리 볼 수도 있잖아. 열지 마.

우리는 잠시 기다렸다가 소리가 그치고 난 잠시 후에 슬쩍 문을 열어서 밖을 확인했다. 밖은 어둡고 우리가 있는 집안은 환해서 제대로 밖이 보이지 않았다.

만춘: 잘못 들은 걸까?

그녀: 아냐, 분명히 들었어. 너도 들었잖아.

만춘: 신고해야겠어.

나는 바로 112에 신고했다. 누군가 초인종도 누르지 않고 우리 집 대문을 열려 시도했다고. 신고한지 2분 30초 만에 경찰이 출동했다. 우와, 우리나라 경찰 빠르다! 안에서 경찰인 걸 확인하고 나서야 대문을 열었고, 경찰관 두 명이 사정을 듣고 주변을 순찰하고 갔다. 우리 집 앞에서 공사를 하던 인부들은 의심스러운 사람을 못 봤다고 했다. 그 후로 우리는 '여성안심귀가 서비스'를 신청해서, 우리 집 앞을 순찰 요청 지역으로 설정했다. 밤 열 시부터 아침 여덟 시까지 순찰을 신경써 주는 서비스다. 여성을 대상으로 핸디맨 사업을 하는 친구를 불러 방마다 잠금장치를 하나씩 더 달았다. 그 친구에게 부탁해 CCTV도 알아봤다.

전주의 비혼 여성 네트워크 '비비클럽'을 만났을 때가 기억난다. 그들은 위험한 상황이라고 느낄 때 서로를 호출하는 데 익숙했다. 한번은 혼자 사는 여자가 욕실에 있을 때, 밖에서 이상한 소리가 들려 나가지도 못하고 친구들을 부른 적도 있었다고 한다. 경찰을 대동하고 나타난 친구들 덕분에 침입자가 없었다는 걸 확인했지만, 도리어 의심스럽게 사람을 추궁하는 경찰이 더 무서울 때도 있었다고 했다.

여자 둘이 살려면 안전을 위한 비용도 더 많이 든다. 가끔 그게 서럽다. '내가 남자였어도 똑같았을까?'라는 생각을 그만하고 살고 싶다. 경찰이 위험을 느끼는 여자 두 명을 위해 몇 분 만에 출동할 수 있는지 경험하지 못하는 채로 살고 싶다. 만약 우리 둘 중에 한 명이라도 남자였다면, 한밤에 문을 덜컹거리는 누군가를 향해 플래시를 비춰볼 수 있었을지도 모른다.

《여자 둘이 살고 있습니다》처럼 다양한 가족 형태가, 동거 형태가 많아진다면 좋겠다. '남자 둘이 살고 있습니다'가 될 수도 있고, 옛날 시트콤처럼 '남자 셋, 여자 셋'이 살고 있습니다가 되어도 좋겠다. 어쩌면 공동육아를 꿈꾸며 '부부 셋, 아이 셋이 살고 있습니다'라는 가족이 있을지도 모른다. 그러나 이 다양한 가족 형태 중에서도 '여자 둘이 살고 있습니다'만은 더 비밀스러워질 수밖에 없다. 우리가 어디 사는지 알지 못하도록. 이곳에 여자들만 산다는 것을 알지 못하도록.

사회는 여자들에게 자꾸 말한다. "꼭꼭 숨어라. 머리카락 보일라."

섹스를 안 해본 건 아닌데
처음이긴 처음이야

~~~

이 이야기를 어떻게 시작해야 할지 모르겠다. 하, 참. 그러니까. 이게, 참. 말하기가 좀 그런데. 허허. 헛웃음을 짓다 뒷머리를 긁적인다. 입술에 침을 좀 바르고 입을 떼었다가 에이, 다시 닫고 만다. 에라이, 하다가 다시 발끝을 보며 몸을 꼰다. 한참을 당신 애간장을 녹이다 마침내 결심했다는 듯 슬쩍 묻는다. "저기, 여자랑 자본 적 있어?"

당신이라면 어떻게 할까. 와하하 호탕하게 웃을 텐가. 뭘 그런 걸 가지고 오줌 참는 아이처럼 몸을 비벼 댔냐며 놀릴 텐가. 여자랑 자봤다고. 한 번도 아니고 두 번도 아니고, 백 번은 자봤다고 자랑할 건가. 당신이 여자라면 어떨까. 그래도 껄껄거리며 내 등을 토닥여 줄까. 내가 여자라면? 그래도 장난기 어린 눈으로 나를 들여다볼까.

"혼란스럽지 않았어요?"

레즈비언에 대한 영화를 만든다던 누군가는 그렇게 물었다. 서른이 훌쩍 넘은 나이에 갑자기 바이섹슈얼이 된 게 혼란스럽지 않았느냐고. 자신의 마음을 의심하거나 세상이 두렵지 않았느냐고. 다른 사람은 어떨지 모르겠지만, 사실 나는 그렇진 않았다. 성적 지향을 뒤늦게 깨달은 서른 살 정 모 양의 감성적인 에세이를 기대했다면 미안하다. 어두운 놀이터 그네에 앉아 '내가 레즈비언일 리 없어'라고 자책하는 여자를 상상했다면, 내가 해 줄 수 있는 일이 없다.

내가 이렇게 말하는 게 바이섹슈얼이나 레즈비언에 대한 편견을 강화시키는지, 약화시키는지, 혹은 다른 퀴어들에게 어떻게 비쳐질지는 확신할 수 없다. 내 경험 때문인지 나는 꽤 많은 사람들이 자신의 성 지향성을 제대로 알고 살지 못할 거라고 생각한다. 남자는 여자를 사랑하는 게 당연하고, 여자는 남자와 결혼하는 게 '정상'인 사회에서, 자신의 욕구에 특별히 예민한 사람이 아니고서야 자신이 동성을 좋아할 수도 있다는 사실을 인지하지 못할 때도 많을 거다. "우리 반 남자애들 중에 누가 좋아?"라는 질문을 받은 여자아이와 "우리 반 아이들 중에 누가 좋아?"라는 질문을 받은 여자아이는 자신의 마음을 들여다보는 방식이 다르지 않을까. 특히 남자도, 여자도 사랑하는 양성애자나, 성을 구분하지 않고 사랑하는 범성애자는 더 그렇지 않을까.

사실 '내가 여자를 좋아한다'라는 건 걱정 축에도 끼지 못했다. 내 걱정은 따로 있었다. 하, 그래. 그러니까 내 걱정이 뭐냐하면, 손끝을 바라보고 입술을 깨문다. 발끝을 세워 땅에 톡톡 두드려본다. 그렇다. 한 트럭의 남자와 썸을, 승합차에 태울 정도의 남자와 연애를 했지만, 고백하건대 서른이 훌쩍 넘도록 여자랑 자본 적은 한 번도 없었다. 나이를 먹을 만큼 먹고, 연애를 해볼 만큼 해 보고, 섹스도 모른 척하기엔 민망한 그런 나이에 이런 말을 하게 되다니. 그러니까. 난 네가 처음이야!

그녀와 나는 한동안 썸을 타며 한밤에 산책을 자주 했다. 산책이 끝나고는 각자의 집에 바래다주곤 했는데, 서로의 스킨십이 짙어질수록 '그날(!)'에 대한 내 걱정도 무거워졌다. 쭈뼛거릴 내 모습을 상상하는 건 너무 끔찍해서, 맹수를 만난 타조처럼 모래에 머리를 처박고 싶어졌다. 내가 괜히 나대느라 분위기를 망치면 어떡하지? 너무 서툰 게 티가 나면 어쩌나? 아니, 너무 잘하면 그게 더 이상하지 않을까? 순서는 어떻게 되는 거지? 섹스 토이 숍이라도 가봐야 하나?

연애뿐 아니라 세상도 대체로 책으로 배운 본 투 비 범생이들은 살다가 의문이 생기면 어디 가는지 아는가? 도서관으로 간다. 범생이인(?) 나도 이 섹스 문제를 해결하러 무려 도서관으로 갔다. 사서에게 '레즈비언 섹스 관련 책은 어디에 있나요?'라고 물어보지는 못하더라도 검색창에 '레즈비언 섹스'라고 쳐볼 수는 있으리라. 편견 없는 AI 만세, 인공 지능 만만세다. 이래서 사람들 속마음을 들여다보려면 검색창을 봐야 한다고 하는군.

어리석게도 나는 도서관에 그런 책들이 있는 줄 알았다. '레즈비언 섹스'라고도 검색해 보고 '레즈비언'이라고도, '퀴어'라고도 '섹스'라고도 검색해 봤는데 그런 책은 나오지 않았다. 심지어 이성애자의 섹스에 대해서도 구체적인 체위나 방법에 대한 책이 별로 없었다. 세상에, 다들 그 생각은 하고 살면서 왜 책으로는 말하지 않은 거야!

내 다음 선택은 '독립 서점'이었다. 세상에 별 책을 다 모아 놓은 독립 서점이라면 그런 책이 있을 게 틀림없어. 물론 평소에는 보지 못했지만, 그런 책은 어쩌면 저 구석에 있었을지도 몰라. 은밀한 것이 흥미로운 법이지. 나는 홍대의 독립 서점 몇 곳을 돌아다녔다. 페미니즘 책방이나 퀴어 책방에도 들렀다. 거기엔 어찌나 건전하고 올바른 책들만 있던지. 결국 페미니즘에 대한 책 몇 권과 퀴어에 대한 담론을 다룬 빡빡하고 어려워 보이는 책들을 들고 서점을 나왔다. '학술적으로 공부해서 나쁠 건 없지'라고 스스로를 위로하며(실제로 그 책들은 꽤 도움이 됐다).

그다음 선택은 '유튜브'였다. 내가 왜 이런 생각을 진작 하지 못했지? 태어날 때부터 핸드폰을 쥐고 태어난다는 유튜브 세대가 아니어서인가! 유튜브야말로 그런 노골적(?)인 콘텐츠가 범람하는 곳 아닌가! 설레는 마음으로 유튜브 검색창에 키워드를 입력했다. 아무도 없는 집에서, 괜히 뒤를 돌아봐 가면서, 두근두근.

결론부터 말하자면 유튜브는 도움이 되긴 했지만 '완전 이거다' 싶지는 않았다. 이 글을 읽는 누군가도 유튜브에 그런 걸 쳐볼지는 모르겠지만, 유튜브에는 꽤 건전한 레즈비언 섹스 이야기가 있었다. 섹스에 대한 가벼운 토크, 여자끼리는 섹스를 어떻게 하느냐에 대한 은근한 답변, 레즈비언으로서 연애할 때 힘든 점 등. 그렇지만 커밍아웃도 힘든 우리나라에서 얼굴을 드러내놓고 섹스 이야기를 할 만한 유튜버는, 게다가 아주 구체적이고 노골적으로 팁을 알려주는 유튜버는 별로 없었다. 당연한 이야기다. 나라도 그렇게 하고 싶지 않을 거다. 용감하게 세상을 향해 커밍아웃을 한 레즈비언들도 섹스에 대해 이야기할 때는 퍽 공중파스러웠다.

하지만 여기서 포기하면 범생이가 아니지. 도서관에서 시작한 범생이는 끝까지 간다. 나는 기어이 실전을 맞이하기 전(!), 내가 원하는 만큼 노골적이고, 구체적이며, 생생한 정보를 찾고야 말았다. 중고등학교 6년 동안 영어를 공부하고, 대학에 와서도 원어 수업을 듣고(그래야 졸업할 수 있었다), 어학연수까지 다녀온 나 자신에게 박수를 보낸다. 이게, 이렇게 쓰일 줄이야. 하.하.하. 어른들 말대로 일단 배우고 보아야 한다. 나는 유튜브에 영어로 레즈비언 섹스를 검색했다. 시호시호! 지화자! 그곳은 생생정보통 영문판 세상이었다. 섹스를 어떻게 시작해야 하는지, 어떤 부분이 중요한지. 흠흠. 자세한 내용은 생략하자. 거기엔 내가 원하는 게 다 있었다. 나는 수능 듣기 평가 1번을 듣는 재수생의 마음으로 영상 볼륨을 최대치로 하고 설명에 귀 기울였다. 이런 집중력으로 공부를 했다면 서울대도 너끈했으리라.

그 영상 덕분인지는 모르겠는데, 우리의 '그날'도 괜찮게 지

나갔다. 말하려니 또 몸이 꼬이고, 헛웃음이 나온다. 나는 내가 섹스를 다 아는 줄 알았지. 10년이 넘게 연애를 하고, 세 명의 남자와 동거를 하고도 섹스하는 법을 찾아 온 동네를 뒤질 줄 알았나. 아직 내가 모르는 세계가 또 얼마나 많을까. 그럴 때는 또 어디를 가봐야 하나. 그렇게 생각하면 아직 한참 살날이 많은 것 같아, 내가 아직 아무것도 모르는 것 같아 신이 난다.

당연하지 않은 일이
당연해지려면

≈≈≈

    토론토에서 어학연수를 할 때, 나는 처음으로 이방인으로 산다는 게 어떤 건지 알게 되었다. 그건 '세상만사가 당연하지 않은 것'이었다. 24시간 편의점이 골목마다 있는 게 당연하지 않았고, 내 말을 한 번에 알아듣는 사람이 있는 게 당연하지 않았고, 나라는 정체성이 한국인이라는 정체성보다 먼저 고려되는 게 당연하지 않았다. 당연하지 않은 일이 너무 많았다. 한국에 돌아온 지 10년이 넘었지만 그 후로 나는 종종 내게만 당연할 것들에 대해 생각한다. 커피가 맛있기로 유명한 카페의 문턱이 휠체어가 들어오기엔 너무 좁고 높다는 것에 대해서, 베스트셀러는 아니지만 꽤 괜찮았던 소설의 오디오북이 없다는 것에 대해서, 남자와 여자만 체크할 수 있도록 만들어진 설문지에 대해서. 그럴 때면 내가 얼마나 많은 당연하지 않은 것에 대해 무심했었는지 깨닫는다. 세상에 모두에게 당연한 것은 거의 없었다. 내가 보지 않았을 뿐.

미국 드라마 〈웨스트 월드〉에서는 AI가 고통을 많이 받을수록 인간의 모습에 가까워진다. 그에 반해 진짜 인간은 AI에 대한 공감 능력이 거의 없는, 잔인하고 쾌락만 좇는 동물처럼 나온다. 나조차 특정 상황에 처해서야 다른 사람이 어땠을지 돌아보는 걸 보면, 고통이 인간성을 만든다는 드라마의 설정이 맞는 것 같기도 하다. 애인과 동거를 하면서 나는 제도권에 들어가지 않은 사람으로서, 대부분의 사람에게 '당연한 것'들이 우리에게 얼마나 '당연하지 않은지' 보았다.

동거인이 사고로 급한 수술을 하게 되었을 때, 나는 가족으로서 수술에 동의를 표할 수 없다. 설사 동거인이 나를 가족으로 인정한다는 의사를 평소에 공공연하게 내비쳤음에도 말이다. 어느 날 몇 살까지 살고 싶냐는 이야기를 나누다 내가 말했다.

만춘: 만약에 어떤 사고로 네가 코마 상태에 빠졌는데 말이야. 호흡기를 달면 살고, 떼면 죽는다고 하면 넌 내가 그걸 유지해 줬으면 좋겠어?

그녀: 글쎄, 너는?

만춘: 나는 한 일주일만 기다리고, 보내줬으면 좋겠어.

그녀: 나는 한 달 정도?

만춘: 그래. 기억할게!

그녀: 나도 기억해 줄게!

그렇지만 사실 둘 중 누군가 코마 상태에 빠진다고 하더라도, 호흡기를 뗄지 말지를 결정할 수 있는 법적 권리는 우리에게 없다. 만약 불의의 사고로 내가 죽게 된다면 어떨까. 동거인이 내 유산 상속자가 되지 않는다. 동거하면 결혼해서 살았더라면 고민하지 않았을 문제에 대해 고민하게 된다. 먼 미래라 치부하며 대충 덮어두어도 되었을 일에 대해 대비하게 된다. 우리에게는 당연하지 않은 문제다.

또 다른 날은 내 통장에서 빠져나가는 수많은 보험료를 보며 그녀가 물었다(그렇다. 나는 보험을 여섯 개나 가졌다. 동거하는 사람이라고 미래를 생각하지 않으며 사는 건 아니라는 말이다!).

그녀: 사망보험은 왜 들었어?

만춘: 어쩌다 보니까.

그녀: 죽으면 나 보험 수혜자로 지정할 거야?

만춘: 응(사실 조금 망설임).

그녀: 근데 내가 받을 수 있나?

그러게. 내가 죽으면 애인이 사망 보험금을 받을 수 있나? 그 래서 검색을 시작했다. 만약 우리가 10년 넘게 같이 살고, 혼인 신고만 안 했을 뿐 사실상 부부처럼 살고 있다면 어떨까. 일단 사망 보험은 내가 죽었을 때 먼저 가족에게 보험금이 지급되도 록 되어있다. 1순위는 자녀, 2순위가 부모, 3순위가 형제자매다. 만약 다른 사람에게 보험금을 주고 싶다면 사전에 설정을 바꿔 두어야 한다. 내가 특정인을 지정한다면, 사망 보험금을 그 사람 이 탈 수 있다. 오호, 의외로 이렇게 쉽게 해결되는 거였나?

그런데 여기서 잠깐! 사망 보험금을 타려면 내가 사망을 했다 는 진단서를 떼야 한다. 보험사에서는 사인에 따라 사망 보험금 을 다르게 지급하기 때문이다. 그러나 이 진단서는 가족만 뗄 수 있다. 자녀나 부모, 배우자나 배우자의 가족만 발급받을 수 있다. 모두 없다면 형제자매가 뗄 수 있다. 어라? 만약 애인과 가족이 사이가 좋지 않거나, 가족이 애인을 보험금 수령자로 인정하지 않는다면 골치가 아파지는 시점이다. 그래. 백번 양보해서 내 보험금을 타지 못한 우리 가족들이 나의 애인을 위해 사망 진단서를 떼어줬다고 치자. 사망 진단서를 들고 보험사를 찾아간다고 끝나지 않는다. 내가 나의 애인을 수익자로 지정했더라도, 보험회사는 그에게 나와의 관계를 증명할 서류를 요구한다. 우리 사이에 무슨 서류가 있다고? 커플링과 지난 세월 동안 함께 했던 사진이라도 들고 가야 하는 걸까? 내가 죽어도 나의 애인은 우리의 관계를 '제도적으로' 증명하기 위해 노력해야 한다. 안 그래도 죽기 싫었는데, 더 죽기 싫어지는 포인트다.

동성 결혼이 아직 합법이 아닌 우리나라에서는, 많은 퀴어 커플이 서로를 위해 '유서'를 쓴다. 커밍아웃을 하지 않은 이도 많고, 했더라도 가족이 상대를 배우자로 인정하지 않는 경우도 많다. 그럴 때 본인 의지가 확고하게 담긴 유서는 남겨진 사람을 위한 지도가 된다. 당연하지 않은 모습으로 살다 보면 죽음을 한 번 더 생각하게 된다.

나는 이런 유서를 쓰고 싶다.

"나의 집 보증금의 절반을 나의 애인에게, 그리고 나머지 절반을 부모님께 드린다. 집에 있는 모든 가구와 노트북, 핸드폰 등을 비롯한 나의 개인 소유물은 애인이 가진다. 애인이 원하지 않는 것은 애인이 임의대로 폐기 처분한다. 단, 부모님께는 내가 평소에 아끼던 곰돌이 푸우 인형을 드린다. 부모님은 애인이 나의 소유물을 가져갈 수 있도록 적극적으로 돕는다. 사망 보험금의 절반을 나의 애인에게, 그리고 나머지 절반을 부모님께 드린다. 사망 보험금 수령 및 배분은 부모님이 맡는다. 애인은 나의 모든 SNS(페이스북, 인스타그램, 트위터, 홈페이지, 네이버 블로그, 브런치, 싸이월드)에 접속해서 나의 기록을 지운다. 비밀번호는 노트북 바탕화면 기본 정보 폴더에 있다."

언젠가 생활동반자법이 통과되어, 나의 동거인이 결혼 제도에 얽매이지 않고도 나의 적법한 보호자이자 보험금 수령자가 되면 좋겠다. 그런 일이 '당연한 일'이 되려면 '당연하지 않은 일'을 감내하며 살아야 하는 사람들에 대한 시선이 필요하다. 할랄 음식이 이태원 식당에조차 거의 없는 것에 대하여, 유명 브랜드

옷 사이즈의 최대치가 55인 것에 대하여, 공중화장실에 갈 때면 몰래카메라를 두려워해야 하는 것에 대하여. 그런 것에 대해 생각하는 몹시 번거롭고 꽤 피곤한 일들을 감내하면 언젠가는 지금보다 많은 일들이 '당연한 일'이 되지 않으려나.

호모 콘수무수와
살기

~~~

"저를 편안하게 하는 것으로부터 저를 보호하시고."

동물 나라에 사는 원숭이에게 어느 날 오소리가 찾아와 꽃신을 선물한다. 원숭이는 신발이 필요 없었지만 선물이라고 하기에 받아서 신었다. 신발이 해질 때마다 오소리는 계속 꽃신을 신었고, 원숭이는 점점 신발 없이는 걸을 수 없게 되었다. 어느 날부터 오소리는 원숭이에게 신발값으로 이런저런 열매들을 요구했다. 신발 없이 살 수 없게 된 원숭이는 오소리의 노예가 되고 말았다. 동화《원숭이 꽃신》의 내용이다.

대학 졸업 후 나는 연봉은 높지만 적성에는 안 맞는 제조업

분야에서 일을 시작했다. 내가 일을 열심히 한다고 지구 반대편
에서 한 마리의 북극곰이 더 잘 살 수 있는 것도 아니었고, 일을
계속할수록 내가 더 근사한 사람이 되는 일도 아니었지만, 매월
21일이 되면 그런 의미나 보람 따위가 밥 먹여주는 건 아니지 않
냐는 듯 통장에 꽤 흡족한 숫자가 찍혔다. 일의 기쁨이나 슬픔에
비해 월급은 얼마나 구체적인지! 얼마나 생에 가까운지! 얼마나
눈에 보이는지!

그 회사를 그만뒀을 때, 나는 소비가 나를 지배하도록 내버려
두지 않겠다고 결심했다. 소비 공식은 원숭이 우화만큼이나 심
플했다.

많이 쓴다 → 많이 벌어야 한다 → 더 많은 시간을 팔아야 한다
→ 억울한 심정이 되어 더 많이 쓴다 → 더 많이 벌어야 한다
→ (무한 반복)

그래서 많이 쓰지 않기로 했다. 꽃신을 집어던진 원숭이의 결
의랄까. 소비를 줄이는 것만이 이 고리를 끊어내는 유일한 대안
일 것 같았다. 사실 그리 어렵지도 않았다. 대단한 인내력으로
포장하고 싶지만 실은 내가 애초에 돈 쓰는 걸 즐길 줄 모르는

인간이었기 때문이다. 부서 선배가 좋다고 해서 프라다 지갑을 따라 샀고, 동기들이 우르르 몰려가길래 지미추 신발 세일 코너에 줄을 서 있었다. 내가 산 게 좋은 줄 모르니, 내가 신는 명품 신발은 금방 해졌다. 오소리에게 처음 꽃신을 받았던 원숭이도 이렇게 함부로 신었겠지.

돈 쓰기를 즐길 줄 모르는 인간이란 응당 이렇게 사는 법이다. 샴푸가 떨어지면 쿠팡 앱을 켜서 샴푸를 검색한다. 가장 위에 있는 샴푸를 산다. 구매하기 버튼 클릭, 앱 카드 결제, 샴푸 구입 완료! 때로는 그 과정을 반복하기 귀찮아 같은 샴푸를 대량으로 구매하기도 한다. 대략… 열 통 정도? 반년 정도는 샴푸를 다시 사지 않아도 될 정도로? 그녀와 함께 살게 되었을 때, 그는 내 창고를 열어 보고 쥐라도 발견한 듯 소스라쳤다.

그녀: 이게 다 뭐야?

만춘: 응? 샴푸네. 보디 샴푸랑. 세제도 있고 치약들이랑.

그녀: 이게 왜 이렇게 똑같은 게 많아?

만춘: 한 번에 많이 사서?

그녀: 왜 한 번에 많이 사?

만춘: 음. 귀찮으니까?

그녀가 왜 그렇게 경악했는지는 그의 자취방에 가서 알게 되었다. 그녀는 샴푸를 최소 3종을 사서 아침에 쓰는 것과 저녁에 쓰는 것, 그날 날씨가 어떤지에 따라 다르게 쓰는 것이 있었고, 그것도 한번 산 샴푸는 웬만해서는 다시 선택하지 않는 사람이었으며, 새로 나오거나 효능이 좋다는 샴푸가 있으면 꼭 사서 기존 제품과 비교해 보는 사람이었다. 샴푸만 그런 게 아니었다. 스킨이나 수분크림도 계속 정보를 업데이트해서 다른 제품과 비교했고, 새로운 것을 써보고 그 감각이나 만족감에 대해 오래 음미했다. 화장품만 그런 게 아니었다. 쌀을 사도 고시히카리 쌀, 히토메보레, 골든 퀸 3호를 하나씩 번갈아 가며 사서 그 찰기와 냄새, 식감을 음미했다. 쌀만 그런 것도 아니었다! 차를 사면 헤로게이트, 아마드, 마리아쥬, TWG, 트와이닝, 포트넘&메이슨을 번갈아가며 샀고, 향신료를 사면 넛맥, 마조람, 카다멈, 카수리메티, 올스파이스, 수막을 하나씩 써봤고, 시리얼은 켈로그, 포스트, 시나몬 토스트, 오트밀, 오레오, 그래놀라, 비올라 뮤즐리, 제너럴 밀스 시나몬, 퀘이커를 구비해서 먹었고, 삼다수 대신 해양심층수, 아쿠아피나, 백산수, 아이시스, 커클랜드, 몽베스트, 물한빙, 에비앙을 마셨다.

나는 덕분에 세상에 그렇게 다양한 칫솔의 종류가 있다는 것과(칫솔의 헤드 모양과 칫솔모에 따라) 수건에도 용도에 따라 다양한 종류가 있다는 것(그때 우리 집엔 지토리 체육 대회 아니면 유성농협에서 받은 수건만 있었다)과, 입욕제가 하나가 아니라 베스 솔트, 샤워젤과 베스 솝, 버블 바, 베스 밤, 베스 오일이 있다는 것과, 엑스트라 버진 올리브유를 고를 때 산도를 고려해야 한다는 것과(산도가 낮을수록 고급이라고 한다), 휴지를 고를 때 몇 겹인지와 한 겹마다의 두께를 고려해야 한다는 것을 알았다.

그는 '호모 콘수무스Homo Consumus'였다! 소비하는 인간!

소비도 그 정도의 경지에 오르면 거의 예술처럼 보인다. 그는 아주 단순하고 작은 것을 살 때에도 미간에 타카치오 협곡이 생길 정도로 심혈을 기울였다. 새로 산 롯지 프라이팬이 쓸만할 때는 며칠을 기분 좋아했지만, 터키에서 고심 끝에 사온 마스크 팩이 얼굴에 들러붙을 때는 두고두고 후회했다. 나는 돈 쓰는 걸 좋아하는 사람은 많이 봤어도, 그처럼 소비에 최선을 다하는 사람은 처음 봤다. 그는 '돈 쓰는 걸' 좋아한다기보다 '돈을 잘 쓰는 걸' 좋아했다. 아무 곳에서나 카드를 긁고 다니는 건 그의 취향이 아니었다. 그런 면에서 돈을 함부로 쓰는 건 오히려 나라고 봐야 했다. 포털 사이트가 은근한 광고로 밀어붙이는 제품을 별 생각 없이 집어 들고 있으니 말이다.

호모 콘수무수와 함께 사는 일은 나같이 무던한 인간에게도 아주 조금씩 소비의 기쁨을 알게 했다. 함께 살면서 우리 집의 모든 쇼핑은 그의 몫으로 돌아갔다. 쇼핑을 몹시 싫어하는 나에 게도, 쇼핑이 인생의 힘인 그에게도 좋은 일이었다. 쿠팡이 그의 새로운 애인이오. 마켓컬리가 그의 은밀한 데이트 상대였다. 그 는 매번 새로운 아이템을 사들여 집안 이곳저곳에 배치했다.

만춘: 치카치카.

그녀: 새 치약 어때?

만춘: 새 치약? (이게 새 치약이었어?)

그녀: 불소가 포함되어 있지 않고, 연마제도 들어 있지 않아. 내 가 잇몸이 약한 데다, 이를 세게 닦는 버릇이 있어서 우리는 치석 전문 케어 치약을 쓰면 안 돼.

만춘: 그렇구나… 그러고 보니 좋은 것 같애.

사실 나는 여전히 그가 바꿔놓는 새로운 제품에 감흥이 크게 없다. 그가 물어볼 때에서야 비로소 보디로션의 향이 맡아지고,

바꾼 이불의 촉감이 느껴진다. 그래도 내가 어떤 걸 좋아하는지 조금 더 알게 되었다. 나는 미쟝센 헤어 에센스를 좋아하는 사람이었고, 마리아쥬보다는 TWG를 선호하는 사람이었고, 매일유업의 '소화가 잘되는 우유'를 마셔야 하는 사람이었다.

오소리가 내가 아니라 내 애인을 찾아갔더라면, 그는 형편없는 꽃신에 대해 호되게 평가를 들어야 했을 거다. 아니면 다음에 다시 찾아갔을 때, 그녀가 다른 오소리의 꽃신을 신고 있었을지도 모른다. 네 꽃신은 디테일이 떨어지고 매듭이 고르지 못하다면서 평점 1점을 줬을지도.

그래도 나는 여전히 소비에 익숙하지 않은 지금이 좋다. 웬만해서는 꽃신 같은 건 없이 맨발로 동물 나라에서 지내고 싶다. 나를 편안하게 만드는 것들 때문에, 내가 또 얼마나 많은 시간을 팔아야 할지 생각하는 게 두렵기 때문이다.

그녀: 보디로션이 떨어진 지 벌써 3일이나 된 거 알아?

만춘: 고작 3일 가지고.

애인 4: 몸이 너무 건조하단 말이야!

그녀: 사실 나 너 만나기 전에 30년 넘게 보디로션 안 쓰고 살았다?

여행 갈 때도 보디로션을 꼭 챙겨가는 그녀를 보면, 아직도 오소리의 꽃신이 생각나긴 한다. 평생 보디로션을 안 바르고 살았지만, 막상 바르는 게 습관이 되니 몸에서 나는 향이 참 좋다. 촉촉하니 매끈거리는 피부도 마음에 든다.

아이고, 나는 어째야 한단 말인가. 오소리의 꽃신을 신어야 하나, 말아야 하나!

선택할 수 있는
사치

~~~~~~

이런 말 하면 좀 이상하겠지만, 나는 외계인에 대해 자주 생각한다. 외계인 사진을 찾아본다거나 UFO를 믿는(?) 건 아니고, '내가 외계인이라면' 혹은 '외계인이 지구에 온다면'을 상상해 보는 쪽에 가깝다. 돼지가 해맑게 웃고 있는 정육점 간판의 일러스트를 보며 '외계인이 지구인을 정복한다면 저렇게 부위별로 잘라서 먹을까?'를 생각해 본다거나, 1평짜리 방이 빼곡히 들어찬 고시원을 보며 '외계인이 본다면 저게 어떤 세포막으로 보이지 않을까' 상상해 보는 식이다. 특히 좀 취하면 혼자 빠져나와 거리에서 중얼거리는 버릇도 있다.

"2020년 3월 1일. 지구 대한민국 서울 마포구."

술에 취하면 유체 이탈을 하듯 스스로에게서 벗어나 술을 마시고 있는 나를 다시 본다. 저 여자는 지구인이로구나. 대한민국이라는 불평등하고 부유한 나라에서 살고 있구나. 여자군. 서울에 살고 있군. 2020년이라니. 1920년에 비해 참 복잡하겠군. 서른이 넘은 걸 보니 인간 나이로 절반이 조금 못 되게 산 셈이군.

그렇게 외계인의 시선에서 나를 보면 내가 하고 있는 고민들이 참 가볍고, 나의 선택들이 퍽 덧없다. 나의 선택이라 믿었던 것들이 실은 시대적이거나 지리적인 한계에 의한 것이라는 게 보인다. 자본주의는 이게 다 내가 노력을 하지 않아서라고, 능력을 키우지 않아서라며 일이 잘못 돌아갈 때마다 나의 '선택'을 원망하게 하지만 생각해 보면 애초부터 선택지가 많지도 않았다. 내가 원해서 1980년대에 태어났던가. 고심 끝에 대한민국에서 태어나기로 결정했던가.

비록 내 삶에서 내가 선택할 수 있는 것이 고작 한 줌이라도, 참 없는 사람 입장에서는 그 한 줌도 아무렇게나 내버릴 수가 없다. 대형 마트에서 천 원짜리 석 장을 쥔 꼬마의 마음이다. 물건은 엄청나게 많고 진열대는 끝도 없이 이어지지만 내가 가진 건

3천 원뿐. 아이스크림을 살까. 초콜릿을 살까 고심한다. 내가 비벌리 힐스에 사는 키 185센티미터의 백인 남성 마이크가 될 수는 없겠지만, 한국에서 비혼으로 살지 기혼으로 살지는 결정할 수 있다··· 라고 생각했던 믿음이 깨지는 사건이 두 번 연달아 있었다.

글쓰기 모임에 오던 A는 나와 다른 모임에서 얼굴을 익힌 사이였다. 한 달에 한 번은 자신을 위해 혼자 호텔에 가고, 영어 스터디와 출판 클래스에 참여하고, 새벽 여섯 시부터 헬스장에 간 지 2년이나 되었다는 A. 유명 IT 회사에 다니면서 만날 때마다 '타다'를 타고 나타나는 그녀에게 두 살 난 아이가 있다는 걸 알게 되었을 때 나는 혼자 조용히 놀랐다. 어떻게 아이를 키우면서 저렇게 자기를 위한 시간을 많이 낼 수 있는지.

아이를 낳자마자 템플스테이라도 들어간 것처럼 연락이 끊기던 친구들, 집으로 찾아가면 폐허가 된 얼굴로 "그래도 행복해"라고 이야기하던 동창들, 잠시도 엄마와 떨어지고 싶어 하지 않는 아이 때문에 화장실 문을 열고 볼일을 보던 친척 언니와 내가 아이를 봐주는 동안 기절하듯 잠이 들었던 회사 동기까지. 아이를 낳은 부모에 대한 인상은 주로 '지치고 행복한 얼굴'이었는데 A의 그것은 '열정적이고 혼란스러운 얼굴'이었다. 나는 그 얼굴에 대해 잘 알고 있었다. 그건 내 얼굴이니까.

A가 왜 그런 얼굴을 가지게 되었는지는 나는 그녀의 글을 통해 천천히 알게 되었다. A는 '우리가 어쩌다 이렇게 되었을까'라는 제목으로 결혼 생활에 대한 에세이를 썼다. 아주 평범하고 잔혹한 이야기였다. 육아를 나 몰라라 하는 남편, 대화하지 않는 부부, 점점 희미해지는 아내. 평범해서 더 잔혹했다. A는 베이비시터를 오래 썼고, 희미해지는 자신을 덧칠하기 위해 열심히 자기 계발을 하러 다녔다. 그녀는 가끔 글을 쓰다 울었다. "저는 제가 결혼을 하고 싶은지 생각하고 결혼을 한 게 아니었어요. 결혼을 하면 어떨까? 그런 생각조차 없었어요. 지금은 어떻게 그런 생각을 안 하고 결혼했는지 신기할 정도예요."

A에게는 결혼이란 딱히 선택해야 하는 옵션이 아니었던 걸까. 앞으로 혼자 살지, 결혼을 해서 둘이 살지, 결혼을 안 하고 둘이 살지, 여럿이 함께 살지, 주로 혼자 살다가 가끔 여럿이 살지. 그런 옵션에 대한 생각은 A의 머릿속에 없었던 것 같았다. 그런 사람이 어디 A뿐일까.

지난주에는 동네 친구들이 집에 놀러 왔다. 사귄 지 7년, 함께 산 지 5년이 넘은 끈끈한 커플이었다. 그들이 함께 사는 모습을 보면 저게 부부이지, 대체 뭐가 부부인가 싶다. 경제 공동체, 삶 공동체, 운명 공동체란 바로 저런 것일 테다! 둘이 너무 닮다 못해 성별까지 닮아버려 결혼 신고를 못 한다는 게 유일한 아쉬움이랄까.

만춘: 두 분은 결혼식 할 생각 있어요?

커플 A: 당연히 있죠! 그런데 좀 나이 먹어서?

커플 B: 둘 다 드레스도 입고, 둘 다 턱시도도 입으려고요.

커플 A: 동반자법이 통과되고 하면 더 좋고.

만춘: 동반자법, 금방 통과되지 않을까요?

커플 B: 기독교인 많고, 유교 사상 있는 우리나라에서? 절대 아닐 걸요.

우리는 동반자법이 언제 통과될까에 대한 길고 긴 토론을 벌였다. A는 투표권을 가진 기독교인들이 많아서 오래 걸릴 거라고 했고, B는 그럼에도 출산율 문제 때문에 정부가 어쩔 수 없이 통과시킬 것이라 했고(동반자법이 통과되면 출산율이 높아진다고 했다), 나는 우리나라는 뭐든지 빨리 변하니 동반자법도 빨리 되지 않을까 했고, 애인은 다른 나라가 다 하고 나서야 우리나라가 마지막으로 동반자법을 통과시킬 것이라 했다. 우리는 동반자법 통과 날짜를 두고 내기를 했다. 나의 예상 일자는 2030년 6월. 지금으로부터 10년 후다.

우리는 각자 날짜를 쓴 종이를 사진 찍어 단톡방에 공유하고 공지로 올렸다. 앞으로 10년간 이 공지를 잊지 말자 각오하며. 글쎄, 이제 이렇게 책에 적어버렸으니 정말 잊지 못하게 되었다.

커플 A: 두 분은 결혼할 생각 있어요?

만춘: 어우, 저는 남자랑 사귈 때도 결혼할 생각이 없었어요.

커플 B: 결혼할 수 있는데 안 하는 거랑, 결혼할 수 없어서 못 하는 거랑 다르죠.

만춘: 다르죠.

그들 입장에서 바이섹슈얼인 나는 결혼을 '못'하는 게 아니라 '안' 하는 거였다. 비혼을 선택하는 것조차 모든 사람에게 평등 하지 않았다. 내가 "결혼을 선택하지 않겠다"라고 말하는 게 누 군가에겐 배부른 선택처럼 보일 수도 있었다. 선택하는 것도 사 치다.

2030년 한국은 어떨까. 외계인의 입장에서 보면 2020년이나 별반 다르지 않을 수도 있다. 외계인에겐 아이를 키우는 레즈비언이자 극빈층 출신인 산나 마린이 있는 핀란드나, 2005년이 와서야 호주제를 폐지한 대한민국이나 고만고만해 보이겠지. 그렇지만 고백하건대 나는 외계인이 아니다. 내 손에 있는 3천 원을 최선을 다해 쓰고 싶은 꼬마다. 그래서 천 원짜리 세 장을 꼭 쥐고 대형 마트를 서성인다. 어떤 선택이 최선일까. 아이스크림일까, 초콜릿일까.

그리하여 행복하게 살았습니다
Ver1.

~~~

만춘: 이번엔 음식 너무 많이 싸오지 마.

애인: 아빠가 너 먹으라고 동치미 담갔다고 했는데?

만춘: 그럼 동치미만 조금.

애인: 넌 언제 내려가?

만춘: 난 엄마, 아빠랑 보내려고 호캉스 예약했지.

2030년의 설날. 애인과 나는 각자의 부모님과 시간을 보내러 간다. 서로의 부모님과 식사 자리는 있었지만, 특별한 일이 없는 한 서로 얼굴을 보는 일은 잦지 않다. 동반자법이 통과된 지 벌써 5년. 우리는 특별한 세리머니를 하진 않았으나, 팍스 제도 안에서 서로의 법적인 보호자로 살고 있다. 동반자 신고를 한 커플을 대상으로 한 보금자리 주택에 당첨되어 2년 전부터 조금 넓은 집으로 옮겼다. 최장 20년까지 가능한 장기 안심 주택이다.

애인: 설 연휴 끝나기 하루 전에는 올라와야 하는 거 알지?

만춘: 응? 왜였더라?

애인: 동네 모임 하기로 했잖아!

만춘: 아, 맞네. 또 까먹었네.

애인: 어이구, 맨날 까먹어!

설 연휴 마지막 날에는 친구 커플 몇몇이 모여 집에서 명절 음식 나누기 게임을 하기로 했다. 동네 친구들과 매년 하는 게임으로, 명절이 지나면 각자 집이나 식당에서 남은 음식을 가져와 나눈다. 다양한 음식을 먹어볼 수 있는 게 게임의 묘미다.

이들은 지하철로 한두 정거장 안에 사는 동네 친구들이다. 10년 전에 우리와 '동반자법이 언제 통과되는가'로 내기를 했던 레즈비언 커플(내가 이겼다), 나와 오랫동안 책을 함께 만든 헤테로 커플이 온다. 동거한 지 8년이 넘어가는데도 아직 동반자 신고를 하지 않은 친구 둘도 온다. 이들은 제도 안으로 들어오는 건 꺼려 하면서 매년 언약식을 연다. 특이한 커플이다. 애인을 반년마다 바꿔가며 연애 예찬론자로 사는 친구와, 이혼 후에 혼자 사는 삶에 몹시 만족한 나머지 《이혼 예찬》을 쓴 친구도 온다.

애인: 먼저 나갈게!

만춘: 내려가는 길에 분리수거 가져가!

애인: 너무 많은데?

만춘: 화요일에는 꼭 버려야 하는 거 알잖아. 음식물 쓰레기는 내가 버릴게.

애인: 부모님 맛있는 거 많이 사드리고 와.

만춘: 너도 용돈 많이 드리고 와!

애인은 기차 시간이 다 되었다며 먼저 나간다. 말은 안 했지만 사실 부모님을 만나는 건 내일이다. 짧은 연휴지만 그중에 첫날은 늘 혼자 있는 날로 지정한 지 5년도 넘었다. 가족도, 친척도, 친구도 좋지만 혼자 있는 시간이 없다면 관계는 늘 버거워진다. 창밖으로 애인이 종종걸음을 걷는 게 보인다. 보일지 모르겠지만 손을 흔들어 본다. 이제부터 하루는 혼자 있는 시간이다.

가끔 혼자 있고, 주로 함께 있고, 때때로 다 같이 있다. 그리하여 행복하게 살 수 있을 것 같다.

그리하여 행복하게 살았습니다
Ver2.

~~~~

이젠 정말 결혼식이라면 지긋지긋한데, 이번 주말에도 결혼식에 왔다. 2030년이 시작된 지 두 달이 채 되지 않았는데 벌써 결혼식만 네 번이다. 이십 대 후반, 모두가 결혼을 했던 그때랑 횟수가 비슷한 것 같다. 나는 어차피 결혼도 안 할 건데, 어른들 말대로 축의금으로 쓴 돈만 모았어도 차 한 대는 샀겠다. 오랜만에 입은 정장도 불편하고, 몇십 년이 지나도 바뀌지 않는 국적 불명 세리머니도 지겹다. 부모님은 여전히 '혼주'고, 신부는 아직도 '신부 대기실'에서 얌전히 앉아있다.

만춘: 한국의 결혼 문화, 진짜 안 바뀌지 않냐?

만추: 그러게. 두 시간 만에 후딱 치르는 것도 똑같네. 내 두 번째 결혼식도 딱 이것 같았다.

만춘: 걔는 이번이 세 번째 결혼인가?

만추: 맞어. 세 번째.《이혼 예찬》이 베스트셀러 되고 나서 한 번 더 이혼했잖아.

만춘: 근데 또 결혼해? 이 정도면《결혼 예찬》써야 하는 거 아냐? 시즌 2!

만추: 요즘 두세 번 결혼하는 게 보통이야. 너가 특이한 거지.

어찌 된 일인지 비혼도 늘어나고 결혼도 늘어났다. 이혼이 많아지면서, 한 번 이혼한 사람들이 다시 결혼하는 일이 많기 때문이다. 서로 함께 하는 방식에 대한 다양성 대신, 이혼이 더 자유로워진 셈이다.

만춘: 난 이런 식이라면 최소한 버진 로드 이름은 바꿔줘야 한다고 생각해.

만추: 버진은 아니니까?

만춘: 누가 요새 결혼하는 데 버진이겠냐.

역시 버진이 아닌 나는, 벌써 5년째 혼자 살고 있다. 체력이 달려서인지 누군가와 썸을 타고 싶은 마음도 들지 않는다. 혼자 사는 패턴이 너무 익숙해서, 이제 와서 내 삶에 누군가 들어온다면 서로 맞춰갈 자신도 없다. 엄마는 내가 마흔이 넘었는데도 아직도 명절마다 결혼 이야기를 꺼낸다. 결혼을 두 번도 하고, 세 번도 하는데 왜 너는 한 번을 못 하느냐는 거다. 네가 어디가 빠지냐는 결론으로 늘 이어지는데, 미안하지만 엄마. 그건 고슴도치 엄마 생각이야. 그렇게 외치고 싶다. 그래도 그런 이야기를 들을 때면 동거에 대한 그 책을 쓸 때 남은 젊음을 뽕 브라 하듯 끌어모아 결혼 시장에 내놓았어야 하는 게 아닌가 싶다. 어차피 결혼과 이혼이 이렇게 많은 사회라면, 내가 통계치의 숫자 하나를 더 올린다고 해서 지구에 큰 해가 되진 않을 테니. 까짓것 해도 후회 안 해도 후회라면, 그까짓 거 그냥 한 번 해버려?

만추: 야, 쟤 괜찮지 않냐? 신랑 친군데, 지금 혼자래.

만춘: 어디! 어디!

만추: 사회 보는 애.

만춘: 오, 됨됨이가 훌륭해 보인다.

만추: 친구들끼리 커피라도 한잔하자고 할까?

생각해 보니 몹시 피곤하다. 정장을 다섯 시간이나 입고 있던 지금 내게 필요한 건, 저 훈훈한 신랑 친구가 아니라 새로 산 매트리스의 폭신한 감각이다.

만춘: 아니, 난 집에 갈란다.
만추: 그러다 평생 혼자 산다!
만춘: 덕담으로 알겠다.

아무래도 난 영영 결혼과는 거리가 먼 사람 같다. 이러면 어떻고 또 저러면 어떠랴. 아무래도 난 단심가보다는 하여가가 좋다. 꺼야, 꺼야. 할 꺼야. 혼자서도 잘 할 꺼야.

더 사랑하면 결혼하고,
덜 사랑하면 동거하나요?

초판 1쇄 발행 2020년 5월 15일
초판 3쇄 발행 2020년 10월 15일

지은이 정만춘
펴낸이 권미경
기획편집 김건태
마케팅 심지훈, 강소연, 김재영
디자인 ROOM 501
펴낸곳 ㈜웨일북
출판등록 2015년 10월 12일 제2015-000316호
주소 서울시 마포구 월드컵로32길 22 비에스빌딩 5층
전화 02-322-7187 **팩스** 02-337-8187
메일 sea@whalebook.co.kr **페이스북** facebook.com/whalebooks

ⓒ 정만춘, 2020
ISBN 979-11-90313-32-2 03810